A PROMESSA
seguido de
A PANE

FRIEDRICH DÜRRENMATT

A PROMESSA
seguido de
A PANE

Tradução

Petê Rissatti

Marcelo Rondinelli

Estação Liberdade

Título original: *Das Versprechen/Die Panne*
© Diogenes Verlag AG Zürich, 1986
© Editora Estação Liberdade, 2019, para esta tradução
Todos os direitos reservados.

Não é permitida a venda em Portugal.

PREPARAÇÃO Thais Rimkus e Fábio Fujita
REVISÃO Editora Estação Liberdade
SUPERVISÃO EDITORIAL Letícia Howes
IMAGEM DE CAPA Friedrich Dürrenmatt, *Route Napoléon*, 1960, guache sobre cartão, 35,1 × 49,9 cm, coleção Centre Dürrenmatt Neuchâtel, © CDN/Confederação Suíça
EDIÇÃO DE ARTE Miguel Simon
PROJETO GRÁFICO Bloco Gráfico
PRODUÇÃO Edilberto F. Verza
DIREÇÃO EDITORIAL Angel Bojadsen

CIP-BRASIL. CATALOGAÇÃO NA PUBLICAÇÃO
SINDICATO NACIONAL DOS EDITORES DE LIVROS, RJ

Dürrenmatt, Friedrich, 1921-1990
A promessa ; A pane / Friedrich Dürrenmatt ; tradução Petê Rissatti, Marcelo Rondinelli. - 1. ed. - São Paulo : Estação Liberdade, 2019.
224 p. ; 21 cm.

Tradução de: Das versprechen ; Die panne
ISBN 978-85-7448-300-9

1. Ficção suíça (alemão). I. Rissatti, Petê. II. Rondinelli, Marcelo. III. Título. IV. Título: A pane.

19-54720
CDD: 833
CDU: 82-3(494)

Vanessa Mafra Xavier Salgado - Bibliotecária - CRB-7/6644
15/01/2019 16/01/2019

Nenhuma parte da obra pode ser reproduzida, adaptada, multiplicada ou divulgada de nenhuma forma (em particular por meios de reprografia ou processos digitais) sem autorização expressa da editora, e em virtude da legislação em vigor.

Esta publicação segue as normas do Acordo Ortográfico da Língua Portuguesa, Decreto nº 6.583, de 29 de setembro de 2008.

Editora Estação Liberdade Ltda.
Rua Dona Elisa, 116 — Barra Funda — 01155-030
São Paulo - SP — Tel.: (11) 3660 3180
www.estacaoliberdade.com.br

Sumário

11 A PROMESSA
Réquiem para um
romance policial

157 A PANE
Uma história ainda
possível (1955)

tradução Petê Rissatti

A PROMESSA

Réquiem para um romance policial

I

Em março daquele ano, tive que dar uma palestra para a Sociedade Andreas Dahinden, em Chur, sobre a arte de escrever romances policiais. Entrei no trem apenas ao cair da tarde, sob nuvens muito baixas e uma nevasca triste, além de tudo estar congelado. O evento aconteceu no salão da Associação Comercial, e o público que compareceu foi bastante escasso, pois, ao mesmo tempo, no auditório da escola da cidade, Emil Staiger[1] dava uma palestra sobre o Goethe tardio. Nem eu nem ninguém da plateia entrou no clima, e vários dos presentes deixaram o salão antes que eu terminasse a apresentação. Depois de uma conversa breve com alguns dos membros da diretoria, com dois, três professores ginasiais, que também prefeririam ter assistido à palestra sobre o Goethe tardio, bem como uma dama benevolente que cuidava em caráter honorário da Associação dos Empregados Domésticos da Suíça Oriental, segui, depois dos honorários e das despesas de viagem quitadas, ao hotel Steinbock, próximo à estação de trem, onde haviam me reservado um quarto. Ali, porém, também havia desolação. Além de um jornal alemão de economia e um antigo semanário *Weltwoche*, não havia leitura disponível. O silêncio no hotel era inumano; dormir, nem pensar, pois logo surgia o medo de nunca mais acordar. A noite era atemporal, fantasmagórica. Lá fora, parara de nevar, tudo estava imóvel, as luzes dos postes não balançavam mais, nenhuma lufada de vento,

---

[1] Germanista suíço (1908-1987), professor da Universidade de Zurique e famoso teórico da literatura, escreveu um estudo, em três volumes, sobre Goethe. [N.T.]

nenhum habitante de Chur, nem animal, nada, apenas um eco que subia ao céu saindo da estação de trem. Fui ao bar para tomar mais um uísque. Além da senhora do bar, encontrei ali um homem que se apresentou antes mesmo de eu me sentar: era o doutor H., ex-comandante de polícia do cantão de Zurique, um homem grande e pesado, antiquado, com uma corrente de ouro que atravessava de um lado a outro do colete, como hoje raramente se vê. Apesar da idade, seu cabelo hirsuto ainda era preto, o bigode era espesso. Estava sentado ao balcão, em uma cadeira alta, bebia vinho tinto, fumava um charuto da marca Bahianos e conversava com a senhora do bar, tratando-a pelo primeiro nome. Sua voz era alta, e seus gestos, animados, uma pessoa nada discreta, que me atraía e me repelia ao mesmo tempo. Por volta das três da manhã, ao nosso primeiro Johnnie Walker já haviam se somado mais quatro, e ele se ofereceu para me levar a Zurique na manhã seguinte com seu automóvel, um Opel Kapitän. Como eu conhecia apenas de passagem os arredores de Chur e aquela parte da Suíça, aceitei. O doutor H. tinha ido ao cantão dos Grisões como membro de uma comissão federal suíça e, uma vez que o clima impediu seu retorno, assistiu a minha palestra; no entanto, não fez nenhum comentário, dizendo apenas o seguinte:

— O senhor se apresenta de um modo bem desajeitado.

Na manhã seguinte, partimos em viagem. Na aurora, para poder dormir um pouco, tomei dois comprimidos de Medomin e me senti paralisado. Ainda não havia clareado de verdade, embora o dia já estivesse adiantado. Em algum lugar, um pedaço de céu metálico reluzia. Tirando esse brilho, apenas nuvens se arrastavam, carregadas, morosas, ainda cheias de neve; o inverno não parecia querer abandonar aquela parte do país. A cidade era cercada por montanhas que, no entanto, nada tinham de majestosas, antes pareciam montes de terra revirada, como se um túmulo gigantesco tivesse sido cavado. A própria Chur era pedregosa, cinzenta, com grandes prédios administrativos. A mim, parecia quase incrível que se produzisse vinho ali. Tentamos entrar no centro antigo, mas nos perdemos com o carro grande, adentramos em vielas estreitas e ruas de mão única; foram necessárias manobras difíceis para sair da confusão de casas e, além disso, o calçamento estava coberto de gelo, tanto que ficamos felizes quando por fim deixamos a cidade para trás, embora eu não tivesse visto de fato nada daquela antiga residência episcopal. Foi como uma fuga. Eu cochilei, sentindo-me pesado e cansado; um vale nevado sombrio passou por nós sob as nuvens baixas, endurecido pelo frio. Não sei por quanto tempo. Então, seguimos na direção de um vilarejo maior, talvez cidadezinhas, com cuidado, até que de repente tudo ficou ensolarado, em uma luz tão poderosa e ofuscante que os campos nevados começavam a derreter. Uma névoa branca subiu do chão, juntando-se estranhamente sobre os campos de neve, e a visão do vale desapareceu de novo para mim. Era como um sonho ruim, um feitiço, como se eu não pudesse conhecer aquela terra, aquelas montanhas. De novo, veio o cansaço, além do barulhar desagradável do cascalho que fora espalhado pelas ruas; também passamos por uma ponte, derrapando levemente. Em seguida, um comboio militar; o para-brisa ficou tão sujo que os limpadores não conseguiam mais limpá-lo. H. estava emburrado diante do volante, ensimesmado, concentrado na difícil estrada. Eu me arrependi de ter aceitado o convite, amaldiçoei o uísque e o Medomin. Aos poucos, porém, tudo ficou melhor. O vale voltou a ficar visível e mais habitado. Em todos os lugares, havia sítios, aqui e ali pequenas fábricas, tudo bem limpo e austero, a estrada sem neve nem gelo, apenas brilhante pela umidade, mas segura a ponto de permitir uma velocidade mais considerável. As montanhas estabeleceram-se, não se estreitavam mais, e paramos em um posto de gasolina.

O lugar dava uma impressão peculiar, talvez porque se diferenciasse do entorno suíço mais organizado; era miserável, pingava de umidade, riachinhos corriam dele. Metade do estabelecimento era de pedra, metade era um barracão cuja parede de madeira paralela à estrada tinha cartazes grudados, claramente de muitos anos antes, pois formavam camadas inteiras de cartazes colados um sobre o outro: *Tabaco Burrus também em cachimbos modernos*, *Beba Canada Dry*, *Sport Mint*, *vitaminas*, *Lindt chocolate ao leite*, etc. Na parede larga, um gigantesco: *Pneus Pirelli*. As duas bombas de gasolina ficavam diante da parte de pedra do estabelecimento, em um ponto desnivelado e mal--acabado; tudo dava uma impressão decadente, apesar do sol que brilhava agora quase escorchante, maldoso.

— Vamos descer — disse o ex-comandante, ao que obedeci sem perceber o que ele planejava, mas alegre por respirar o ar fresco.

Ao lado da porta aberta, um senhor estava sentado em um banco de pedra. Não estava barbeado nem banhado, vestia um avental claro, sujo e manchado, e também uma calça escura que brilhava de tão engordurada; no passado, tinha feito parte de um smoking. Nos pés, pantufas velhas. Ele encarava o nada, aparvalhado, e senti de longe o cheiro de bebida alcoólica. Absinto. Ao redor do banco de pedra, o cimento estava coberto de pontas de cigarro que nadavam na água da neve derretida.

— Bom dia — disse o comandante, de repente envergonhado, como me pareceu. — Encha o tanque, por favor. Gasolina aditivada. E limpe também o para-brisa. — Em seguida, virou-se para mim. — Vamos entrar.

Apenas então percebi, sobre a única janela visível, uma placa do lugar, uma chapa de lata vermelha; sobre a porta, estava escrito: "Zur Rose". Entramos em um corredor sujo, fedendo a aguardente e cerveja. O comandante continuou, abriu uma porta de madeira, e era óbvio que já conhecia o lugar. O bar era pobre e escuro, algumas mesas e bancos rústicos, estrelas de cinema recortadas de revistas coladas nas paredes e na pedra; a rádio austríaca dava uma notícia sobre o mercado do Tirol, e atrás do balcão mal se reconhecia que havia uma mulher esquálida vestida com um roupão, fumando um cigarro e lavando copos.

— Dois cafés *crème* — pediu o comandante.

A mulher começou a nos atender, e do ambiente ao lado saiu uma atendente molambenta que estimei ter cerca de trinta anos.

— Ela tem dezesseis — resmungou o comandante.

A garota nos serviu. Usava uma saia preta e uma blusa branca, meio aberta, sob a qual não levava nada; a pele não estava banhada. O cabelo era loiro, como também o da mulher atrás do balcão, e despenteado.

— Obrigado, Annemarie — disse o comandante, deixando o dinheiro sobre a mesa. A moça também não respondeu, tampouco agradeceu. Tomamos em silêncio o café, que era horrível. O comandante acendeu um de seus Bahianos. A rádio austríaca mudou a notícia para a situação da água, e a garota saiu para o quarto ao lado arrastando os pés, onde vimos algo branco brilhar, obviamente uma cama desfeita.

— Vamos — disse o comandante.

Lá fora, ele pagou depois de dar uma olhada na bomba de gasolina. O velho tinha abastecido e também limpado o para-brisa.

— Da próxima vez — disse o comandante, despedindo-se.

De novo, senti sua falta de jeito; o velho, porém, também não respondeu nada, sentou-se de novo no banco e ficou encarando o vazio, aparvalhado, apagado. Quando chegamos ao Opel Kapitän e nos viramos, o velho cerrou as mãos em punho, sacudiu-as e sussurrou, as palavras saindo em bafejadas trêmulas, o rosto transfigurado por uma fé imensurável:

— Eu espero, eu espero, ele virá, ele virá.

2

— Para ser sincero — começou o doutor H., mais tarde, quando nos preparávamos para atravessar a passagem de Kerenz; a estrada estava novamente congelada, e lá embaixo havia o lago Walen, brilhante, frio, distante; o cansaço do Medomin havia se instalado de novo como chumbo, a lembrança do gosto defumado do uísque, a sensação de deslizar por um sonho infinito e louco —, para ser sincero, nunca tive os romances policiais em alta conta e sinto muito que o senhor também os escreva. Perda de tempo. No entanto, o que o senhor disse em sua palestra de ontem valeu a pena; como os políticos fracassam de forma tão criminosa... E eu bem sei, já que sou membro do Conselho Nacional, como deve ser de seu conhecimento — (eu não fazia ideia, ouvia sua voz como ao longe, entrincheirada por trás do cansaço, mas atento como um animal em sua toca) —, as pessoas esperam que ao menos a polícia saiba botar ordem no mundo, mesmo que eu não consiga imaginar esperança pior que essa. Infelizmente, em todas essas histórias policiais se perpetra ainda um engodo bem diferente, e não falo do fato de que seus criminosos sempre encontram a justiça, pois essas belas histórias são moralmente necessárias. Trata-se das mentiras que preservam o Estado, como o piedoso ditado de que o crime não compensa, ainda que seja preciso apenas dar uma olhada na sociedade para saber a verdade sobre esse dito popular, tudo isso eu deixo passar, mesmo que apenas por princípio profissional, pois cada público e cada contribuinte têm o direito a seus heróis e a seu final feliz, e nós, da polícia, somos obrigados a oferecer esse direito, como vocês, os escritores, também o são. Não, eu me irrito muito mais com a ação em seus romances. Aqui o engodo é tremendo demais, desavergonhado demais. Vocês constroem ações de um jeito lógico, e ele segue como um jogo de xadrez, aqui o criminoso, aqui a vítima, aqui o cúmplice, aqui o beneficiário; basta que o detetive conheça as regras e refaça os movimentos, logo ele terá posto o criminoso em xeque, ajudado a justiça a triunfar. Essa ficção me deixa furioso. Apenas em partes se lida com a realidade através da lógica.

"É óbvio que nós, da polícia, somos obrigados a proceder também logicamente, cientificamente; os fatores de interferência que entram em jogo, porém, são tão frequentes que não é raro que apenas a sorte profissional e o acaso decidam em nosso favor. Ou em nosso desfavor. Por sua vez, em seus romances o acaso não tem vez, e, se algo parece acaso, é ao mesmo tempo destino e coincidência; desde sempre, a verdade é jogada aos lobos por vocês, escritores, em detrimento de regras dramatúrgicas. Mandem essas regras para o inferno de uma vez. Um acontecimento não pode se desenvolver como um cálculo matemático pelo simples fato de nós nunca conhecermos todos os fatores necessários, mas apenas alguns poucos, a maioria deles bem secundários. Também o acaso, o incalculável, o incomensurável tem um grande papel aí. Nossas leis baseiam-se apenas na probabilidade, na estatística, não na casualidade; aplicam-se apenas no geral, não no específico. O individual fica fora do cálculo. Nossos meios criminalísticos são insuficientes, e quanto mais nós os desenvolvemos, em princípio mais insuficientes serão. Vocês, da escrita, não se preocupam com isso. Não tentam lidar com uma realidade que vive escapando entre os dedos, mas montam um mundo que é administrável. Esse mundo talvez seja perfeito, possível, mas é uma mentira. É preciso deixar a perfeição para lá se quiserem continuar com as coisas, com a realidade, como é adequado para os homens, ou vão ficar aí sentados, ocupados com seus exercícios inúteis de estilo. Ainda assim, passemos à verdadeira questão.

O senhor ficou surpreso com várias coisas hoje de manhã. Primeiro, com a minha fala, acho; um ex-comandante de polícia do cantão de Zurique deveria cuidar de ter visões mais moderadas, mas sou velho e não me engano mais. Sei que todos nos veem como gente duvidosa, pouco querida, que se engana fácil, mas também que precisamos lidar com tudo isso de qualquer jeito, mesmo quando corremos o risco de agir erroneamente.

Então o senhor também deve ter se surpreendido porque parei antes naquele posto de gasolina miserável, e já explico logo: aquele desgraçado triste e bêbado que nos atendeu era meu homem mais capaz. Deus sabe que entendo um tanto de meu trabalho, mas Matthäi era um gênio, ainda mais se comparado a um de seus detetives da literatura.

A história aconteceu há apenas nove anos", continuou H., depois de ultrapassar um caminhão da Shell. "Matthäi era um de meus comissários, ou melhor, um de meus tenentes seniores, pois usamos na polícia do cantão designações de patentes militares. Como eu, era jurista. Como era da Basileia, fez doutorado lá e era chamado, primeiro em certos grupos que entraram em contato com ele 'profissionalmente', mas também depois entre nós, de Matthäi do Fim do Mundo.[2] Era um homem solitário, sempre vestido com esmero, impessoal, formal, distante, que não fumava nem bebia, mas dominava seu *métier* de um jeito duro e impiedoso. Era tão odiado quanto bem-sucedido. Nunca o entendi direito. No entanto, eu era o único que gostava dele... porque gosto muito de pessoas claras e diretas, mesmo que sua falta de humor sempre me deixasse nos nervos. Sua compreensão era fenomenal, mas as estruturas sólidas demais de nosso país o deixaram insensível. Era um homem de organização, que lidava com o aparato policial como com uma régua de cálculo. Não era casado e nunca falava sobre sua vida particular, pois não tinha uma. Não tinha nada na cabeça além do trabalho, o qual ele exercia como um criminalista exemplar, ainda que sem paixão. Por mais que procedesse de forma teimosa e incansável, sua atividade parecia entediá-lo, até ele se envolver em um caso que de repente o arrebatou.

Nessa época, o doutor Matthäi estava no auge de sua carreira. Tinha havido algumas dificuldades com ele no departamento. A prefeitura precisava aos poucos pensar em minha aposentadoria e também em meu sucessor, e realmente Matthäi era o único que me vinha à mente. No entanto, houve obstáculos nessa escolha. Não apenas por ele não pertencer a nenhum partido, mas também porque

---

[2] O apelido do personagem de Dürrenmatt traz referência à expressão *Matthäi am Letzten*, que significa que uma pessoa está em uma situação ruim ou acabada física ou financeiramente. A expressão vem das últimas palavras do último versículo Evangelho de São Mateus (28:20): "Ensinai-as a observar tudo o que vos prescrevi. Eis que estou convosco todos os dias, até o fim do mundo." A menção ao fim do mundo dá a ideia de algo derradeiro. [N.T.]

a equipe teria causado dificuldades. Em contrapartida, existiam restrições do governo em deixar de lado um oficial tão capaz; por isso, o pedido do governo da Jordânia ao governo suíço de enviar um especialista a Amã para reorganizar a polícia de lá veio como um chamado: Matthäi não foi apenas recomendado por Zurique e por Berna, mas também aceito por Amã. Todos respiraram aliviados. A escolha o alegrou — e não apenas profissionalmente. À época, tinha cinquenta anos — um pouco do sol do deserto lhe faria bem; ele se alegrou com a viagem, o avião sobre os Alpes e o mar Mediterrâneo, pensou até mesmo em uma despedida para valer, pois deu a entender que depois disso queria se mudar para a casa de sua irmã na Dinamarca, que lá enviuvara — e estava ocupado com a limpeza de sua mesa no prédio da polícia do cantão, na Kasernenstrasse, quando veio a ligação."

3

"Matthäi entendeu o relato confuso apenas com dificuldade", o comandante continuou sua história. "Era um de seus antigos 'clientes', que ligava de Mägendorf, um vilarejo próximo de Zurique, um caixeiro-viajante chamado Von Gunten. Na verdade, Matthäi não tinha vontade nenhuma de lidar com o caso em sua última tarde na Kasernenstrasse, sua passagem aérea já estava comprada, e a partida seria em três dias. Porém, eu me ausentei, estava em uma conferência dos comandantes de polícia e só voltaria de Berna à noite. Era necessária uma ação correta, a inexperiência poderia botar tudo a perder. Matthäi entrou em contato com o posto policial de Mägendorf. Era mais ou menos fim de abril, lá fora a chuva caía a cântaros, a tempestade do famoso vento Föhn[3] acabara de chegar à cidade, mas não havia afastado o calor desconfortável, cruel, que mal deixava as pessoas respirarem.

O policial Riesen atendeu.

— Também está chovendo aí em Mägendorf? — perguntou Matthäi, mal-humorado, embora a resposta fosse de se esperar, e seu rosto ficou ainda mais sombrio. Então, ele deu a instrução para que vigiassem discretamente o caixeiro-viajante no bar Hirschen.

Matthäi desligou.

— Aconteceu alguma coisa? — perguntou, com curiosidade, Feller, que ajudava o chefe a arrumar suas coisas.

---

[3] Vento quente e seco que atravessa os Alpes ao qual se atribui o poder de provocar alterações no comportamento psíquico de populações afetadas. [M.R.]

Era uma biblioteca inteira que o policial aos poucos havia reunido na delegacia.

— Está chovendo lá em Mägendorf também — respondeu o comissário —, mande um alerta à tropa.

— Assassinato?

— A chuva é uma porcaria — murmurou Matthäi, em vez de responder à pergunta, indiferente ao ofendido Feller.

No entanto, antes de embarcar na viatura com o promotor e o tenente Henzi, que esperavam impacientes, ele folheou o prontuário de Von Gunten. O homem já era fichado. Delito sexual contra uma garota de catorze anos."

4

"Porém, a ordem de vigiar o caixeiro-viajante provou ter sido um erro que não havia como se prever. Mägendorf era uma comunidade pequena, formada em grande parte por fazendeiros, embora alguns trabalhassem nas fábricas lá embaixo, no vale, ou na olaria próxima. Ainda assim, havia algumas pessoas da cidade que moravam ali, dois, três arquitetos, um escultor classicista, mas não tinham nenhuma participação importante no vilarejo. Todos se conheciam, e a maioria era aparentada. O povoado estava em conflito com a cidade, mesmo que não em caráter oficial, e sim secretamente; as florestas que circundavam Mägendorf pertenciam à cidade, fato que nenhum verdadeiro habitante de Mägendorf reconhecia, o que preocupava muito a administração florestal. A administração chegou a ponto de requerer e exigir, anos antes, um posto policial em Mägendorf, ainda mais quando, aos domingos, os habitantes da cidade invadiram o vilarejo em grandes turmas e atraíram muita gente ao Hirschen. Considerando tudo isso, o policial ali precisava compreender de seu ofício; por outro lado, deveria ter boas relações com o povo do lugar. Logo Wegmüller, homem que foi enviado ao vilarejo, entendeu essa visão; vinha de uma família de camponeses, bebia muito e mantinha os habitantes de Mägendorf sob controle — obviamente com muitas concessões e, por isso, eu deveria ter intervindo. No entanto, eu via nele — também pela falta de pessoal — o menor dos males. Eu tinha paz e deixava Wegmüller em paz. Seus substitutos, porém, quando ele entrava em férias, não tinham do que se alegrar. Aos olhos dos cidadãos de Mägendorf, faziam tudo errado. Embora a caça ilegal e os roubos de madeira nas áreas florestais da cidade e as brigas no vilarejo tivessem ficado para trás havia muito tempo em virtude do momento de prosperidade, a tradicional má vontade contra as forças do Estado ainda eram candentes na população. Dessa vez, especialmente Riesen se deu mal. Era um rapaz ingênuo, melindroso e mal-humorado, que não se acostumava com as constantes piadas dos cidadãos de Mägendorf e era sensível demais mesmo para um distrito mais normal. Por medo da população, desaparecia assim que terminava suas rondas e seus controles diários. Nessas condições, foi impossível ficar de olho no caixeiro-viajante de maneira discreta, pois o aparecimento do policial no Hirschen, que ele evitava por medo, era o mesmo que uma ação da policial federal. Riesen sentou-se de forma tão conspícua diante do caixeiro-viajante que os camponeses se calaram, curiosos.

— Café? — perguntou o dono do bar.

— Nada — respondeu o policial —, estou aqui a serviço.

Os camponeses encararam o caixeiro-viajante de um jeito curioso.

— O que ele fez? — perguntou um velho.

— Não interessa ao senhor.

O bar era estreito, enfumaçado, uma caverna escura de madeira, o calor era opressivo, e o dono do estabelecimento não acendia nenhuma luz. Os camponeses estavam sentados a uma mesa longa, talvez diante de taças de vinho branco, talvez diante de canecas de cerveja, apenas os contornos sombrios visíveis através dos vidros prateados das janelas, sobre os quais pingava e corria a chuva. Em algum lugar, o estalo de uma bola de pebolim. Em algum lugar, o tilintar e o rolar de um fliperama americano.

Von Gunten bebia licor de cereja. Estava com medo. Ficou sentado no canto, encolhido, o braço direito sobre a alça de seu cesto, e aguardou. Parecia-lhe que estava sentado ali havia horas. Tudo estava envolto em um silêncio abafado, ameaçador. Os vidros clarearam, a chuva cedeu, e de repente o sol voltou. Apenas o vento uivava e sacudia as paredes. Von Gunten ficou feliz que, por fim, os carros estacionaram lá fora.

— Venha — disse Riesen, levantando-se. Os dois saíram. Diante do bar, uma limusine escura e o grande carro da tropa aguardavam; a ambulância estava a caminho. A praça do vilarejo estava sob sol forte. Duas crianças diante da fonte, cinco ou seis anos de idade, uma garota e um menino. A garota com uma boneca embaixo do braço, e o menino com um pequeno chicote.

— Sente-se ao lado do motorista, Von Gunten! — gritou Matthäi, da janela da limusine; em seguida, depois de o caixeiro-viajante tomar seu lugar, suspirando, como se agora estivesse em segurança, e Riesen ter entrado no outro carro, continuou: — Mostre-nos o que o senhor encontrou na floresta."

5

"Caminharam pelo mato molhado, pois o caminho até a floresta formava uma única poça lamacenta, e pouco depois cercaram o pequeno cadáver que estava em meio às folhas entre os arbustos, não muito longe das margens da floresta. Os homens ficaram em silêncio. Das árvores que balançavam, ainda caíam grandes gotas prateadas que reluziam como diamantes. O promotor jogou seu charuto Brissago, pisando nele, envergonhado. Henzi não ousava olhar diretamente. Matthäi disse:

— Um oficial de polícia nunca desvia o olhar, Henzi.

Os homens montaram as câmeras.

— Vai ser difícil encontrar pistas depois dessa chuva — comentou Matthäi.

De repente, o menino e a menina estavam no meio dos homens, paralisados, a garota ainda com a boneca no braço e o garoto ainda com seu chicote.

— Tirem as crianças daqui.

Um policial levou os dois pela mão até a estrada. E ali as crianças ficaram.

Lá do povoado, chegaram as primeiras pessoas, e já se via o dono do bar pelo avental branco.

— Isolem o lugar — ordenou o comissário.

Alguns homens montaram guarda. Outros fizeram uma busca nas proximidades. Então, os primeiros *flashes* foram disparados.

— Conhece a garota, Riesen?

— Não, senhor comissário.

— Já a tinha visto no vilarejo?

— Acho que sim, senhor comissário.

— A garota já foi fotografada?

— Vamos tirar ainda duas fotos de cima para baixo.
Matthäi esperou.
— Pistas?
— Nada. Está tudo enlameado.
— Verificaram os botões? Impressões digitais?
— Depois dessa chuvarada, sem chance.
Então, Matthäi inclinou-se com cuidado.
— Com uma navalha de barbear — comentou, recolhendo pedaços de um assado que estavam ao redor e os devolvendo com cuidado ao cestinho. — *Pretzels*.
Veio a notícia de que alguém no vilarejo queria falar com eles. Matthäi levantou-se. O promotor olhou para a lateral da floresta. Lá estava um homem de cabelo branco e um guarda-chuva pendurado no braço esquerdo. Henzi recostou-se em uma faia. Pálido. O caixeiro-viajante estava sentado sobre seu cesto e repetia, baixinho:
— Passei aqui por acaso, totalmente por acaso!
— Tragam o homem.
Tenso, o homem de cabelo branco entrou pelos arbustos.
— Meu Deus — murmurou ele —, meu Deus.
— Posso saber o nome do senhor? — perguntou Matthäi.
— Sou o professor Luginbühl — respondeu baixinho o grisalho, desviando o olhar.
— O senhor conhece esta garota?
— Gritli Moser.
— Onde moram os pais?
— Em Moosbach.
— Fica longe do vilarejo?
— Uns quinze minutos.
Matthäi olhou para a frente. Era o único que ousava olhar. Ninguém dizia palavra.
— Como isso aconteceu? — perguntou o professor.

— Crime sexual — respondeu Matthäi. — A criança estudava com o senhor?
— Com a senhorita Krumm. No terceiro ano.
— Os Mosers tinham mais filhos?
— Gritli era filha única.
— Alguém precisa avisá-los.
Os homens tornaram a fazer silêncio.
— O senhor, professor? — perguntou Matthäi.
Luginbühl não respondeu nada por um bom tempo.
— Não me tome por covarde — disse ele, por fim, hesitante —, mas não gostaria de fazer isso. Não posso — acrescentou, baixinho.
— Entendo — disse Matthäi. — E o padre?
— Fica na cidade.
— Ótimo — respondeu Matthäi, com calma. — Pode ir, senhor Luginbühl.

O professor voltou à estrada, onde se juntavam cada vez mais moradores de Mägendorf.

Matthäi olhou para Henzi, que ainda estava recostado à faia.

— Por favor, comissário, não — murmurou Henzi.

O promotor também fez que não com a cabeça. Matthäi olhou de novo para o corpo e, então, para o saiote vermelho que jazia rasgado no mato, encharcado de sangue e chuva.

— Então, vou eu — disse ele, pegando o cestinho com os *pretzels*."

6

"Moosbach ficava em um pequeno vale pantanoso nas proximidades de Mägendorf. Matthäi deixou a viatura no vilarejo e foi a pé, pois queria ganhar tempo. De longe, avistou a casa. Empertigou-se e deu meia-volta. Ouvira passos. O garotinho e a menina estavam de novo ali, com o rosto afogueado. Deviam ter usado atalhos, do contrário não havia como explicar sua presença ali.

Matthäi continuou a caminhar. A casa era estreita, paredes brancas com vigas escuras, acima um telhado de ripas de madeira. Atrás da casa, árvores frutíferas; no jardim, terra preta. Diante da casa, um homem cortava madeira. Olhou para a frente e percebeu o comissário se aproximar.

— O que o senhor deseja? — perguntou o homem.

Matthäi hesitou, ficou perplexo, apresentou-se e perguntou, apenas para ganhar tempo:

— Senhor Moser?

— Sou eu. O que o senhor quer? — perguntou de novo o homem.

Ele se aproximou e parou diante de Matthäi com o machado na mão. Devia ter uns quarenta anos, era esquálido, rosto marcado, e os olhos azuis-acinzentados observavam o comissário, perscrutadores. À porta apareceu uma mulher, também ela com saia vermelha. Matthäi pensava no que falar. Tinha refletido sobre isso por um bom tempo, mas ainda não sabia o que dizer. Então, Moser o ajudou quando avistou o cesto na mão de Matthäi.

— Aconteceu algo com Gritli? — perguntou e olhou de novo para Matthäi, perscrutando-o.

— O senhor a mandou a algum lugar? — perguntou o comissário.

— Até a casa da avó, em Fehren — respondeu o camponês.

Matthäi pensou: Fehren era o vilarejo vizinho.

— Gritli percorre esse caminho com frequência? — perguntou ele.

— Toda tarde de quarta-feira e de sábado — respondeu o camponês; então, perguntou, com repentino medo: — Por que o senhor quer saber? Por que o senhor trouxe o cesto de volta?

Matthäi deixou o cesto no toco de árvore sobre o qual Moser cortava lenha.

— Gritli foi encontrada na floresta, perto de Mägendorf, morta — disse ele.

Moser não se moveu. A mulher, que ainda estava em pé à porta, em sua saia vermelha, também não. Matthäi viu como de repente o suor corria em filetes sobre o rosto branco do homem. Ele gostaria de desviar o olhar, mas estava enfeitiçado por aquele rosto, pelo suor, então ficaram ali, parados, encarando-se.

— Gritli foi assassinada. — Matthäi ouviu-se falar com uma voz que pareceu despida de compaixão, o que o irritou.

— Não é possível — sussurrou Moser —, não podem existir demônios assim. — O punho que segurava o machado começou a tremer.

— Esses demônios existem, senhor Moser — disse Matthäi.

O homem o encarou.

— Quero ver minha filha — disse ele, quase inaudível.

O comissário fez que não com a cabeça.

— Eu não faria isso, senhor Moser. Sei que vai soar terrível o que direi agora, mas será melhor se o senhor não for até Gritli.

Moser aproximou-se do comissário, tão perto que seus olhos ficaram na mesma altura dos de Matthäi.

— Por que será melhor?! — gritou ele.

O comissário calou-se.

Moser sopesou por mais um instante o machado na mão, como se quisesse golpear, mas se virou e foi até a mulher, que ainda estava parada à porta da casa. Ainda sem se mover, ainda muda. Matthäi esperou. Nada lhe escapava aos olhos, e ele soube, de repente, que jamais esqueceria aquela cena. Moser abraçou a mulher. De súbito, foi sacudido por soluços inaudíveis. Enterrou o rosto no ombro dela, enquanto ela encarava o vazio.

— Amanhã à noite os senhores poderão ver sua Gritli — prometeu o comissário, impotente. — Então, parecerá que a criança está dormindo.

Nesse momento, de repente, a mulher começou a falar:

— Quem é o assassino? — perguntou ela, com uma voz tão calma e objetiva que Matthäi se assustou.

— Isso eu logo vou descobrir, senhora Moser.

A mulher o encarou, ameaçadora, suplicante.

— O senhor jura?

— Juro, senhora Moser — disse o comissário, impelido apenas pelo desejo de sair dali.

— Por sua salvação eterna?

O comissário hesitou.

— Por minha salvação — disse ele, por fim. O que mais poderia dizer?

— Então, vá — ordenou a mulher. — O senhor jurou por sua salvação.

Matthäi ainda quis dizer algo consolador, mas não sabia o que falar para consolá-los.

— Sinto muito — disse, baixinho, e se virou para partir.

Voltou devagar pelo caminho que tinha percorrido. Diante dele, estava Mägendorf, com a floresta ao fundo. Sobre ela, o céu, sem nuvens. Ele avistou de novo as duas crianças, que estavam agachadas às margens da estrada, pelas quais ele passou, exausto; elas o seguiram aos tropeços. Em seguida, ele ouviu de repente, da casa que ficara para trás, um grito, como se fosse de um animal. Ele apressou o passo e não soube se era o homem ou a mulher quem chorava daquele jeito."

7

"Depois de voltar a Mägendorf, Matthäi enfrentou a primeira dificuldade. A grande viatura da tropa chegara ao vilarejo e esperava o comissário. O local do crime e seu entorno próximo haviam sido vasculhados e, depois, isolados. Três policiais à paisana estavam escondidos na floresta. Tinham a missão de observar os que ali passassem. Talvez assim chegassem a uma pista do assassino. O restante da equipe fora à cidade. O céu estava limpo, mas a chuva não tinha aliviado o ambiente. O Föhn ainda envolvia povoados e florestas, soprando em grandes lufadas suaves. O calor estranho e pesado deixava as pessoas bravas, irritáveis, impacientes. As lâmpadas nos postes já estavam acesas, embora ainda fosse dia. Os camponeses estavam se juntando, haviam descoberto Von Gunten. Consideravam-no o assassino, vendedores ambulantes sempre são suspeitos. Acreditavam que ele já havia sido preso e cercaram a viatura da tropa. O caixeiro-viajante, lá dentro, mantinha-se em silêncio. Encolhia-se trêmulo entre os dois policiais, tensos. Os moradores de Mägendorf aproximavam-se cada vez mais do carro, apertavam o rosto contra os vidros. Os policiais não sabiam o que fazer. Atrás da tropa, no outro carro, estava o promotor; ele também foi bloqueado. O carro do legista, que tinha vindo de Zurique, também fora cercado, além da ambulância, um automóvel branco com cruz vermelha, levando o pequeno cadáver. Os homens estavam lá, ameaçadores, mas em silêncio; as mulheres estavam coladas às paredes das casas, também caladas. As crianças haviam subido nas bordas da fonte do vilarejo. Uma raiva soturna que não tinha alvo reuniu os moradores em uma turba. Queriam vingança, justiça. Matthäi tentou abrir caminho até o carro da tropa, mas não foi possível. O melhor era procurar o prefeito da comunidade. Ele perguntou quem era, ninguém lhe respondeu. Ouviam-se apenas algumas palavras ameaçadoras em voz baixa. O comissário pensou e foi para o bar; ele não havia se enganado, o prefeito estava no Hirschen. Era um homem pequeno, gordo, com uma aparência enfermiça. Bebia uma taça de vinho Veltliner atrás da outra e espiava pela janela estreita.

— O que devo fazer, comissário? — perguntou ele. — As pessoas estão obstinadas. Têm a sensação de que a polícia não basta. Precisam elas mesmas fazer justiça. — Em seguida, suspirou. — Gritli era uma criança tão boa. Nós a amávamos.

O prefeito da comunidade estava com os olhos rasos d'água.

— O caixeiro-viajante é inocente — disse Matthäi.
— Se fosse, não o teriam prendido.
— Ele não está preso. Precisamos dele como testemunha.

O prefeito observou Matthäi com um ar sinistro.

— Vocês só querem uma desculpa — disse. — Sabemos o que pensar disso tudo.
— Como prefeito da comunidade, o senhor tem a obrigação de liberar nossa partida.

O outro esvaziou sua terceira taça de vinho tinto. Bebeu sem dizer palavra.

— E então? — perguntou Matthäi, indignado.

O prefeito permaneceu impassível.

— O caixeiro-viajante vai ter o que merece — rosnou ele.

O comissário foi claro ao dizer:

— Então vamos ter briga antes de isso acontecer, prefeito.
— O senhor vai brigar por causa de um estuprador?
— Culpado ou não, vamos botar ordem aqui.

Furioso, o prefeito da comunidade caminhou para lá e para cá no bar estreito. Como ninguém o atendia, ele mesmo se serviu no balcão. Bebeu com tanta pressa que grandes faixas escuras correram sobre sua camisa. A multidão lá fora ainda estava silenciosa. Porém, quando o motorista tentou pôr a viatura de polícia em movimento, as fileiras fecharam-se ainda mais.

Nesse momento, o promotor entrou no bar. Havia passado, com dificuldade, pelos moradores. Suas roupas ficaram amarfanhadas. O prefeito da comunidade assustou-se. A chegada de um promotor de justiça deixou-o à flor da pele; como para qualquer pessoa normal, aquele título tornava-o inquieto.

— Senhor prefeito — disse o promotor —, os moradores parecem querer fazer justiça com um linchamento. Não vejo outra saída, a não ser pedir reforços. Talvez isso chame o senhor à razão.

— Vamos tentar conversar com as pessoas mais uma vez — sugeriu Matthäi.

O promotor bateu com o indicador da mão direita no peito do prefeito.

— Se o senhor não fizer com que essas pessoas nos ouçam imediatamente — rosnou —, terá de enfrentar as consequências.

Lá fora, os sinos da igreja começaram a dobrar, anunciando a tempestade. Os moradores surgiam de todos os lados. Até o corpo de bombeiros apareceu e se pôs contra os policiais. Os primeiros xingamentos começaram. Imprecações agudas e isoladas contra os policiais.

Os policiais prepararam-se. Esperavam o ataque da multidão, que ficava cada vez mais inquieta, mas estavam tão indefesos quanto os habitantes de Mägendorf. Sua atividade era servir como força de segurança e empreender ações individuais; ali estavam frente ao desconhecido. No entanto, os camponeses pararam, mais tranquilos. O promotor saiu do Hirschen com o prefeito da comunidade e Matthäi; a porta levava a uma escada de pedra com um corrimão de ferro.

— Cidadãos de Mägendorf — anunciou o prefeito —, peço que ouçam o senhor promotor Burkhard.

Não houve reação da multidão, camponeses e trabalhadores ficaram como antes, em silêncio, ameaçadores, sem movimento, sob o céu que se cobria com os primeiros laivos da noite; as luzes dos postes balançavam como luas pálidas sobre a praça. Os cidadãos de Mägendorf estavam decididos a tomar à força a pessoa que acreditavam ser o assassino. Os carros de polícia pararam como grandes animais pretos em meio àquela maré humana, tentando sempre avançar, os motores uivavam e depois eram sufocados em desânimo. Inutilmente. Tudo estava permeado por uma perplexidade pesada devido ao acontecido daquele dia, os frontões escuros do vilarejo, a praça, o amontoado de pessoas, como se o assassinato tivesse envenenado o mundo.

— Pessoal — começou o promotor, inseguro e em voz baixa, mas se ouvia cada palavra. — Cidadãos de Mägendorf. Nós ficamos abalados com o crime atroz. Gritli Moser foi assassinada. Não sabemos quem cometeu...

O promotor não conseguiu continuar sua fala.

— Entreguem-no!

Punhos ergueram-se, assobios soaram.

Matthäi encarou a massa, hipnotizado.

— Rápido, Matthäi — ordenou o promotor —, telefone. Mande buscar reforço.

— Von Gunten é o assassino! — berrou um camponês alto, magro, com o rosto queimado de sol e que não via uma navalha havia dias. — Eu o vi, não tinha ninguém mais no valezinho!

Era o camponês que trabalhava no campo.

Matthäi avançou um passo.

— Pessoal — gritou ele —, sou o comissário Matthäi. Estamos prontos para entregar o caixeiro-viajante!

A surpresa foi tão grande que sobreveio um silêncio absoluto.

— O senhor ficou maluco? — sibilou o promotor ao comissário, nervosamente.

— Desde tempos imemoriais, os criminosos em nosso país são condenados por tribunais quando culpados e liberados quando inocentes — continuou Matthäi. — Vocês decidiram formar esse tribunal. Não vamos investigar aqui se vocês têm esse direito, vocês tomaram o direito para si.

Matthäi falava com clareza e nitidez. Camponeses e trabalhadores ouviam com atenção, cada palavra lhes interessava. Como Matthäi os levara a sério, eles também o levaram.

— No entanto, preciso exigir algo de vocês — continuou Matthäi —, assim como exijo de qualquer outro tribunal: justiça. Pois claro que vamos lhes entregar o caixeiro-viajante apenas quando estivermos convencidos de que vocês querem justiça.

— Nós a queremos! — gritou um deles.

— Seu tribunal precisa atender a uma condição, caso se pretenda um tribunal justo. A condição é: a injustiça precisa ser evitada. Vocês também precisam se submeter a essa condição.

— Aceitamos! — gritou um capataz da olaria.

— Por isso, precisam investigar se a acusação de assassinato de Von Gunten é justa ou injusta. Como surgiu a acusação?

— O camarada já tem passagem — gritou um camponês.

— Isso aumenta a suspeita de que Von Gunten poderia ser o assassino — explicou Matthäi —, mas ainda não prova que ele realmente o seja.

— Eu o vi no valezinho — gritou, de novo, o camponês com pele queimada de sol e barba por fazer.

— Venha cá — pediu o comissário ao homem.

O camponês hesitou.

— Vai, Heiri — gritou um —, não seja covarde.

O camponês aproximou-se. Inseguro. O prefeito da comunidade e o promotor haviam se retirado para a entrada do Hirschen, e assim Matthäi ficou sozinho com o camponês na plataforma.

— O que o senhor quer de mim? — perguntou o camponês. — Sou Benz Heiri.

Os cidadãos de Mägendorf encaravam os dois, tensos. Os policiais tinham presos aos cintos cassetetes de borracha. Também observavam o procedimento prendendo o fôlego. Os jovens do vilarejo haviam galgado a escada do carro de bombeiros, que estava meio erguida.

— O senhor observou o caixeiro-viajante Von Gunten no valezinho, senhor Benz — começou o comissário. — Ele estava sozinho no vale?

— Sozinho.

— O que o senhor faz, senhor Benz?

— Planto batata com minha família.

— Desde que horas o senhor estava plantando?

— Desde as dez horas. Também almocei com a família no campo — disse o camponês.

— E o senhor não viu ninguém além do caixeiro-viajante?

— Ninguém, posso jurar — afirmou o camponês.

— Isso é bobagem, Benz! — gritou um trabalhador. — Às duas eu passei em seu batatal.

Outros dois trabalhadores se pronunciaram. Eles também haviam passado de bicicleta no valezinho às duas da tarde.

— E eu passei com minha carroça pelo vale, seu imbecil! — berrou um camponês. — Você trabalha como um louco, seu fominha, e sua família se esfalfa tanto que todos estão ficando com as costas curvadas. Se uma centena de mulheres nuas passassem por você, você nem sequer olharia para elas.

Gargalhadas.

— Então, o caixeiro-viajante não estava sozinho no vale — comentou Matthäi. — Ainda assim, queremos continuar as buscas. Uma estrada corre em paralelo à floresta e leva à cidade. Alguém passou por esse caminho?

— O Gerber Fritz — gritou um deles.

— Eu peguei o caminho — confirmou o camponês gorducho, que estava sentado no hidrante. — Com a carroça.

— Quando?

— Às duas.

— Dessa estrada, há uma trilha na floresta até o local do crime — afirmou o comissário. — O senhor percebeu alguém lá, senhor Gerber?

— Não — rosnou o camponês.

— Talvez um automóvel estacionado?

O camponês hesitou.

— Acho que sim — disse ele, incerto.

— O senhor tem certeza?

— Tinha alguma coisa lá.

— Talvez um Mercedes esportivo vermelho?
— É possível.
— Ou um Volkswagen cinza?
— Também é possível.
— Suas respostas são bastante imprecisas — disse Matthäi.
— Eu meio que dormi na carroça — confessou o camponês. — Com esse calor, qualquer um faz isso.
— Então, no caso, quero deixar uma coisa clara para o senhor: não se deve dormir em uma via pública — repreendeu-o Matthäi.
— Os cavalos são atentos — disse o camponês.
Todos riram.
— Vocês veem agora as dificuldades que um juiz enfrenta — comentou Matthäi. — O crime não ocorreu em um lugar ermo, de jeito nenhum. A apenas cinquenta metros da família que trabalhava no campo. Se estivessem atentos, essa desgraça poderia não ter acontecido. No entanto, estavam despreocupados, porque não contavam mesmo com a possibilidade de um crime desses. Não viram nem a garota vindo, tampouco os outros que pegaram o mesmo caminho. Perceberam o caixeiro-viajante, só isso. Além disso, o senhor Gerber cochilou em sua carroça e, agora, não pode dar nenhuma declaração importante com a precisão necessária. Então, a questão é esta. O caixeiro-viajante é culpado? Vocês precisam se perguntar. A seu favor, afinal, temos o fato de que ele alertou a polícia. Não sei como vocês, no papel de juízes, imaginam proceder, mas quero dizer a vocês como nós, da polícia, gostaríamos de proceder.

O comissário fez uma pausa. Novamente, estava sozinho diante dos cidadãos de Mägendorf. Benz tinha voltado para a multidão, envergonhado.

— Cada pessoa suspeita seria investigada em detalhes, independentemente de sua posição, buscaríamos todas as provas imagináveis, e não apenas isso, a polícia de outros estados seria acionada, caso se provasse necessário. Veem como seu tribunal tem poucos recursos à disposição e nós temos um aparato gigantesco para investigar a verdade? Decidam agora o que deve acontecer.

Silêncio. Os cidadãos de Mägendorf ficaram pensativos.

— Vocês vão mesmo entregar o caixeiro-viajante? — perguntou o capataz.

— Têm minha palavra — respondeu Matthäi. — Se vocês insistirem na entrega.

Os moradores estavam indecisos, pois as palavras do comissário causaram impacto. O promotor estava nervoso. A situação parecia-lhe alarmante. Ele respirou fundo.

— Levem ele! — gritou um camponês.

Os moradores, em silêncio, abriram caminho. Aliviado, o promotor acendeu um Brissago.

— Ousado o jeito como fez as coisas, Matthäi — disse ele. — Imagine se o senhor tivesse que manter a palavra.

— Eu sabia que não seria o caso — respondeu o comissário, tranquilo.

— Espero que o senhor nunca faça uma promessa dessas e precise cumpri-la — comentou o promotor; acendendo novamente o Brissago, cumprimentou o prefeito da comunidade e se pôs a caminho do carro liberado."

8

"Matthäi não voltou com o promotor. Subiu no carro com o caixeiro-viajante. Os policiais abriram espaço para ele. Dentro do carro grande, estava quente. Ninguém ousou abrir os vidros. Embora os cidadãos de Mägendorf houvessem aberto espaço, os camponeses ainda estavam lá. Von Gunten estava encolhido atrás do motorista, e Matthäi sentou-se ao lado dele.

— Sou inocente — afirmou Von Gunten, baixinho.

— Claro — disse Matthäi.

— Ninguém acredita em mim... — sussurrou Von Gunten. — Nem os policiais.

O comissário fez que não com a cabeça.

— O senhor está imaginando coisas.

O caixeiro-viajante não se acalmava.

— O senhor também não acredita, doutor.

O carro pôs-se em movimento. Os policiais estavam em silêncio. Lá fora, já era noite. As lâmpadas dos postes lançavam luzes douradas sobre rostos paralisados. Matthäi sentiu a desconfiança que cada um deles alimentava contra o caixeiro-viajante, a suspeita que ele levantava. Dava-lhe pena.

— Eu acredito no senhor, Von Gunten — disse e sentiu que também não estava tão convencido. — Sei que não é culpado.

As primeiras casas da cidade ficaram para trás.

— O senhor ainda precisa ser apresentado ao comandante, Von Gunten — disse o comissário —, pois é nossa testemunha mais importante.

— Entendo — murmurou o caixeiro-viajante, que então sussurrou de novo: — O senhor também não acredita em mim.

— Bobagem.

O caixeiro-viajante continuava obstinado.

— Eu sei — disse ele, baixinho, quase inaudível, encarando os anúncios luminosos vermelhos e verdes, que agora brilhavam como estrelas fantasmagóricas sobre os carros que avançavam."

9

"Esses acontecimentos me foram reportados na Kasernenstrasse depois que voltei de Berna com o trem expresso das sete e meia da noite. Era o terceiro infanticídio do tipo. Dois anos antes, fora uma garota no cantão de Schwyz e, cinco anos antes, uma tinha sido morta em Sankt Gallen com uma navalha, sem nenhum sinal do assassino. Pedi que me trouxessem o caixeiro-viajante. O homem tinha quarenta e oito anos, era baixo, gorducho, nada saudável, loquaz e abusado, mas agora estava temeroso. Seu testemunho foi claro no início. Tinha deitado às margens da estrada, tirado os sapatos e deixado seu cesto na grama. Sua intenção era visitar Mägendorf para ali vender mercadorias, escovas, suspensórios, lâminas de barbear, cadarços, etc., mas no meio do caminho soube pelo carteiro que Wegmüller estava em férias e que Riesen o substituía. Então, ele hesitou e se jogou na grama; nossos jovens policiais eram dados a ataques de eficiência, conheciam esse pessoal. Adormeceu. O pequeno vale à sombra da floresta era cortado por uma estrada. Ali perto, uma família de camponeses trabalhava no campo com um cão correndo ao redor. O almoço no Bären, em Fehren, tinha sido opulento, ele pedira um *Bernerplatte*, com batata, carne suína e chucrute, e um vinho de Twann. Amava comer com fartura e tinha meios de pagar por isso; por mais descuidado, com barba por fazer e puído que andasse por aquelas bandas, sua aparência enganava, pois era um daqueles vendedores ambulantes que ganhavam a vida e guardavam um pouco de dinheiro. Além disso, tinha tomado muita cerveja e, quando já estava deitado na grama, comeu duas barras de chocolate Lindt. A tempestade aproximava-se, e as lufadas de vento teriam feito o homem cair em um sono profundo, mas, um pouco mais tarde, segundo ele, um grito o teria acordado, o grito agudo de uma menininha, e lhe pareceu, enquanto encarava o vale, bêbado de sono, que a família de camponeses no campo tinha erguido a cabeça por um momento, surpresa; então, com o cão correndo ao redor, voltaram a sua posição encurvada. Algum pássaro, foi o que lhe passou pela cabeça, talvez uma corujinha, como ele saberia? Essa explicação o acalmou, e ele continuou dormindo, mas, quando percebeu o repentino silêncio sepulcral da natureza, deu-se conta do céu já sombrio. Então, calçou os sapatos e pegou o cesto, insatisfeito e furioso, pois começou a pensar de novo no grito sinistro do pássaro. Por isso, decidiu que era melhor não desafiar Riesen, deixar para lá Mägendorf, que sempre tinha sido um buraco nada rentável para ele. Quis voltar para a cidade e tomou o caminho da floresta como um atalho até a estação das ferrovias federais — foi quando topou com o cadáver da garotinha assassinada. Em seguida, correu até o bar Hirschen, em Mägendorf, e informou Matthäi; não disse nada aos camponeses por medo de ser considerado suspeito.

Esse foi seu depoimento. Pedi para levarem o homem, mas não o liberar. Talvez não tenha sido de todo correto. O promotor não ordenara a custódia, mas não tínhamos tempo para ser melindrosos. Sua elucidação pareceu-me bastante fidedigna, mas ainda precisava ser comprovada; afinal, Von Gunten já tinha sido preso. Eu estava de mau humor. Não tinha um bom pressentimento sobre aquele caso; de alguma forma, tudo tinha dado errado; eu só não sabia como, apenas sentia. Voltei para a 'butique', como eu chamava a pequena sala esfumaçada ao lado de meu gabinete oficial. Pedi para buscarem uma garrafa de Châteauneuf-du-Pape em um restaurante nas proximidades da ponte Sihl, bebi algumas taças. Naquela sala, reinava uma desordem horrenda, não nego; livros e prontuários empilhavam-se em confusão, claro que por princípio, pois sou da opinião de que é obrigação de todo homem, neste país ordeiro, criar uma espécie de pequena ilha de desordem, ainda que apenas secretamente. Então, pedi para que me trouxessem as fotografias. Eram abomináveis. Em seguida, examinei o mapa. Não dava para ter escolhido um lugar mais pérfido para o crime. Teoricamente, era impossível descobrir se o assassino era de Mägendorf, dos vilarejos ao redor ou da cidade, se viajara a pé ou de trem. Tudo era possível.

Matthäi apareceu.

— Sinto muito — eu lhe disse — que o senhor tenha que assumir um caso tão triste em seu último dia.

— É nosso trabalho, comandante.

— Quando olho as fotografias deste assassinato, tenho vontade de mandar esse trabalho para o inferno — respondi e enfiei as fotografias na pasta.

Fiquei furioso e talvez não tenha controlado totalmente meus sentimentos. Matthäi era meu melhor comissário — veja bem, atenho-me a essa descrição hierárquica incorreta, mas mais simpática —, e sua partida era para mim, naquele momento, altamente indesejável.

Ele pareceu adivinhar meus pensamentos.

— Acho que é melhor o senhor repassar o caso para Henzi — comentou.

Hesitei. Eu teria aceitado essa sugestão de imediato se não se tratasse de um crime sexual. Seria fácil lidar com qualquer outro crime. Precisávamos apenas pensar nos motivos, como falta de dinheiro, ciúmes, e logo o círculo de suspeitos começava a diminuir. Esse método, porém, não faz sentido no caso de crime sexual. Qualquer um pode ver uma menina em uma viagem de negócios, um menino, descer do carro — sem testemunhas, sem observações — e à noite estar de novo em casa, talvez em Lausanne, talvez em Basileia, em algum lugar, e lá ficamos nós, sem ponto de partida. Não que eu subestimasse Henzi; ele era um oficial valoroso, só não me parecia experiente o bastante.

Matthäi não partilhava de minhas preocupações.

— Ele já está comigo há três anos — disse ele —, aprendeu o *métier* comigo, e não consigo imaginar sucessor melhor. Ele fará o trabalho como eu faria. Além disso, amanhã ainda estarei lá — acrescentou.

Pedi para chamar Henzi e ordenei que ele, junto com o sargento Treuler, montasse uma equipe para aquele homicídio. Ele ficou feliz, pois era seu primeiro 'caso independente'.

— Agradeça a Matthäi — resmunguei e perguntei para ele qual era o clima da equipe, pois estávamos patinando, não tínhamos nem ponto de partida, tampouco resultados, e era importante que a equipe não sentisse nossa insegurança.

— Está convencida de que já temos o assassino — observou Henzi.

— O caixeiro-viajante?

— A suspeita não pode ser totalmente descartada. Afinal, Von Gunten já cometeu um delito sexual.

— Com uma garota de catorze anos é outra coisa — interveio Matthäi.

— Deveríamos fazer um interrogatório rigoroso — propôs Henzi.

— Isso pode esperar — decidi. — Não acho que o homem tenha algo a ver com o assassinato. Ele só não é simpático, e é daí que vem a suspeita. No entanto, esse é um motivo subjetivo, meus senhores, não um criminalístico, e não devemos ceder a ele sem mais nem menos.

Com isso, dispensei os homens sem que meu humor tivesse melhorado."

10

"Enviamos todo o pessoal disponível. Já naquela noite e no dia seguinte, mandamos perguntar nas garagens, mais tarde também nos lava-rápidos, se havia vestígios de sangue em algum carro. Em seguida, pedimos o álibi de todas as pessoas que tinham resvalado em certos parágrafos do código penal. Em Mägendorf, nosso pessoal entrou com cães e até mesmo com um aparelho de buscar minas na floresta onde o assassinato havia acontecido. Eles investigaram os troncos em busca de sinais, esperando principalmente encontrar a arma do crime. Vasculharam de forma sistêmica cada metro quadrado, subiram a ribanceira, procuraram no riacho. Os objetos encontrados foram reunidos, e um pente-fino foi passado na floresta até o vilarejo de Fehren.

Participei das pesquisas em Mägendorf, embora não fosse de meu feitio. Matthäi também parecia inquieto. Era um dia bastante agradável de primavera, leve, sem o Föhn, mas nosso humor permanecia sombrio. Henzi interrogou os camponeses e os operários no Hirschen, e nós partimos para visitar a escola. Encurtamos o trajeto e caminhamos por uma campina com árvores frutíferas, algumas das quais já estavam totalmente floridas. Do prédio da escola, ouvia-se a canção: 'Então toma minhas mãos e me guia'. Bati na porta da sala de aula do coral, e nós entramos.

Eram garotas e garotos que cantavam, crianças de seis a oito anos. As três classes menores. A professora que conduzia abaixou a mão e nos encarou com desconfiança. As crianças pararam de cantar.

— Senhorita Krumm?
— Pois não?
— Professora de Gritli Moser?

— O que o senhor deseja?

A senhorita Krumm tinha cerca de quarenta anos, esquálida, com olhos grandes e rancorosos. Eu me apresentei e, então, virei-me para os alunos.

— Bom dia, crianças!

Elas me olhavam com curiosidade.

— Bom dia! — responderam.

— Que música bonita vocês estavam cantando.

— Estamos ensaiando o coral para o enterro de Gritli — explicou a professora.

A ilha de Robinson Crusoé havia sido montada na caixa de areia. Nas paredes, pendiam desenhos infantis.

— Como era essa menina, a Gritli? — perguntei, hesitante.

— Nós todos a amávamos — disse a professora.

— Era inteligente?

— Era uma menina extremamente fantasiosa.

Hesitei outra vez.

— Gostaria de fazer algumas perguntas às crianças.

— Por favor.

Fui até a frente da classe. As meninas, em sua maioria, usavam tranças e aventais coloridos.

— Vocês devem ter ouvido — eu disse — o que aconteceu com Gritli Moser. Sou da polícia, o comandante, que é como um diretor dos policiais, e é minha tarefa procurar a pessoa que a matou. Quero falar com vocês não como crianças, mas como adultos. O homem que procuramos está doente. Todos os homens que fazem esse tipo de coisa são doentes. E, como doentes, eles tentam levar as crianças para um esconderijo para machucá-las, para uma floresta ou um porão, sempre para lugares escondidos, e isso acontece com muita frequência; temos mais de duzentos casos por ano no cantão. Às vezes, acontece que esses homens machucam tanto uma criança que ela morre, como aconteceu com Gritli. Por isso, precisamos prender esses homens. Eles são muito perigosos para viver em liberdade. Vocês vão perguntar por que não os prendemos antes, antes que uma desgraça aconteça, como foi com ela. Porque não há maneira de reconhecer essas pessoas doentes. Elas são doentes por dentro, não por fora.

As crianças ouviam, perplexas.

— Vocês precisam me ajudar — continuei. — Precisamos encontrar o homem que matou Gritli Moser; do contrário, ele vai matar outra menina.

Nesse momento, eu estava no meio das crianças.

— Gritli contou para vocês que algum homem estranho falou com ela?

As crianças ficaram caladas.

— Vocês perceberam algo de diferente nela nos últimos tempos?

As crianças não sabiam de nada.

— Nos últimos tempos, Gritli tinha algum objeto que não tinha antes?

As crianças não responderam.

— Quem era a melhor amiga de Gritli?

— Eu — sussurrou uma menina.

Era uma coisinha minúscula de cabelo e olhos castanhos.

— Qual é seu nome? — perguntei.

— Ursula Fehlmann.

— Então, você era amiga de Gritli, Ursula?

— Nós nos sentávamos juntas.

A menina falava tão baixo que precisei me curvar para ouvi-la.

— E você não percebeu nada de estranho?

— Não.
— Gritli não encontrou ninguém?
— Encontrou alguém — respondeu a menina.
— Quem?
— Não era humano — disse ela.
Fiquei surpreso com a resposta.
— O que quer dizer com isso, Ursula?
— Ela encontrou um gigante — disse a menina, baixinho.
— Um gigante?
— Sim — disse a menina.
— Quer dizer que ela encontrou um homem grande?
— Não, meu pai é um homem grande, mas não é gigante.
— De que tamanho ele era? — perguntei.
— Do tamanho de uma montanha — respondeu a menina — e totalmente preto.
— E esse... gigante... deu algo a Gritli? — perguntei.
— Sim — disse ela.
— O quê?
— Porquinhos-espinhos.
— Porcos-espinhos? O que você quer dizer com isso, Ursula? — perguntei, perplexo.
— O gigante inteiro era cheio de porquinhos-espinhos — afirmou a menina.
— Isso é absurdo, Ursula — retruquei —, um gigante não tem porco-espinho!
— Era mesmo um gigante de porco-espinho — insistiu a garota.
Voltei ao tablado da professora.
— Tem razão — eu disse —, parece que Gritli era mesmo cheia de fantasias, senhorita Krumm.

— Era uma criança poética — respondeu a professora, desviando o rosto com olhos tristes. — Agora preciso continuar com o ensaio do coral. Para o enterro de amanhã. As crianças não estão cantando a contento.

Ela deu o tom.

— Então toma minhas mãos e me guia — cantaram novamente as crianças."

II

"O interrogatório com os moradores de Mägendorf no Hirschen — onde rendemos Henzi — também não gerou nada de novo e, no início da noite, voltamos para Zurique sem resultado nenhum, do jeito que havíamos chegado ali. Em silêncio. Fumei demais e bebi vinho tinto da região. O senhor conhece esses vinhos levemente duvidosos. Matthäi estava ao meu lado, desanimado, no fundo do carro, e apenas quando chegamos perto de Römerhof ele começou a falar.

— Não acredito — disse ele — que o assassino seja alguém de Mägendorf. Deve ser o mesmo criminoso do cantão de Sankt Gallen e do cantão de Schwyz; o assassinato deu-se da mesma forma. Acredito ser provável que o homem opere de Zurique.

— É possível — respondi.

— Trata-se de alguém motorizado, talvez um viajante. Aquele camponês, Gerber, viu um carro estacionado na floresta.

— Falei com Gerber hoje pessoalmente — expliquei. — Ele confessou que tinha dormido pesado demais para perceber alguma coisa.

Ficamos de novo em silêncio.

— Sinto muito que eu tenha que deixar o senhor no meio de um caso não esclarecido — falou, com a voz um tanto insegura —, mas preciso honrar o contrato com o governo da Jordânia.

— O senhor viaja amanhã? — perguntei.

— Às três da tarde — respondeu ele —, via Atenas.

— Invejo o senhor, Matthäi — eu disse, e era sincero. — Também preferia ser chefe de polícia dos árabes a ser aqui em Zurique.

Então, paramos no hotel Urban, onde ele morava havia um ano, e parti para o Kronenhalle; jantei embaixo de um quadro de Miró. Meu lugar. Sempre me sento ali e como o que os garçons servem em seus 'carrinhos'."

12

"No entanto, quando voltei para a Kasernenstrasse por volta das dez horas e passei pelo antigo gabinete de Matthäi, encontrei Henzi no corredor. Ele voltara de Mägendorf já ao meio-dia, e de fato fiquei surpreso com aquilo, mas, como eu havia transferido a investigação de assassinato para ele, tinha por princípio não criar caso. Henzi era de Berna, ambicioso, mas amado pela equipe. Havia se casado com uma moça da importante família Hottinger, trocou o Partido Socialista pelos liberais e estava tomando os melhores caminhos para fazer carreira. Menciono isso apenas de passagem; agora ele está na Aliança dos Independentes.

— O camarada ainda não quer confessar — disse ele.

— Quem? — perguntei, surpreso, e estaquei. — Quem não quer confessar?

— Von Gunten.

Fiquei confuso.

— Interrogatório pesado?

— A tarde inteira — disse Henzi —, e vamos varar a noite, se precisar. Quem está com ele agora é Treuler. Eu saí apenas para tomar um ar.

— Quero ver isso — respondi, com curiosidade, e entrei no ex-gabinete de Matthäi."

13

"O caixeiro-viajante estava sentado em uma cadeira de escritório sem braços, Treuler havia aproximado sua cadeira da antiga mesa de Matthäi, que servia como apoio para seu braço esquerdo, e tinha as pernas cruzadas e a cabeça inclinada para a esquerda. Fumava um cigarro. Feller era responsável pela transcrição. Henzi e eu ficamos à porta e não fomos notados pelo caixeiro-viajante, pois ele estava virado de costas para nós.

— Eu não fiz isso, senhor sargento — murmurava o caixeiro-viajante.

— Eu também não afirmei isso. Disse apenas que você poderia ter feito — retrucou Treuler. — Se tenho razão ou não, logo será confirmado. Vamos começar do começo. Você se deitou confortavelmente às margens da floresta?

— Sim, senhor sargento.

— E dormiu?

— Isso, senhor sargento.

— Por quê? Você queria ir a Mägendorf.

— Fiquei cansado, senhor sargento.

— Por isso você perguntou ao carteiro pelo policial em Mägendorf?

— Apenas para me informar, senhor sargento.

— O que queria saber?

— Minha licença estava vencida. Queria saber como estavam as relações policiais em Mägendorf.

— E como estavam as relações policiais?

— Soube que tem um substituto em Mägendorf. Então, fiquei com medo, senhor sargento.

— Eu também sou substituto — explicou o policial, seco. — Tem medo de mim?

— Tenho, senhor sargento.
— Por esse motivo você não queria mais ir ao vilarejo?
— Sim, senhor sargento.
— Essa não é uma versão tão ruim da história — reconheceu Treuler —, mas talvez haja ainda outra, que tenha a vantagem de ser verdadeira.
— Eu disse a verdade, senhor sargento.
— Você não tentou mesmo saber do carteiro se havia um policial por perto ou não?

O caixeiro-viajante encarou Treuler com desconfiança.
— O que quer dizer com isso, senhor sargento?
— Ora — respondeu Treuler, com calma —, acho que você queria se certificar com o carteiro principalmente sobre a ausência da polícia no vale de Rotkehler, porque estava esperando a garota.

O caixeiro-viajante encarou Treuler, apavorado.
— Eu não conhecia a garota, senhor sargento — gritou ele, desesperado —, e, mesmo se a conhecesse, não poderia ter feito aquilo. Eu não estava sozinho no vale. A família de camponeses estava no campo. Não sou assassino. Acredite em mim!
— Eu acredito em você — Treuler o tranquilizou —, mas preciso verificar sua história, você precisa entender. Você contou que, depois da pausa para descanso, foi à floresta para voltar a Zurique?
— Uma tempestade se aproximava — explicou o caixeiro-viajante —, por isso quis pegar um atalho, senhor sargento.
— E assim você topou com o cadáver?
— Isso.
— Sem tocar o cadáver?
— Isso, senhor sargento.

Treuler ficou em silêncio. Embora eu não visse o rosto do caixeiro-viajante, senti seu medo. Dava-me pena. Ao mesmo tempo, eu estava cada vez mais convencido de sua culpa, ainda que, talvez, fosse apenas porque esperava, por fim, encontrar um culpado.

— Nós tiramos sua roupa, Von Gunten, e lhe demos outra. Pode imaginar por quê? — perguntou Treuler.

— Não sei, senhor sargento.

— Para realizar um teste com benzidina. Sabe o que é um teste com benzidina?

— Não, senhor sargento — respondeu o caixeiro-viajante, indefeso.

— Um teste químico para verificar se há vestígios de sangue — explicou Treuler, com uma tranquilidade fantasmagórica. — Nós encontramos sangue em seu avental, Von Gunten. Sangue da garota.

— Porque... porque eu caí em cima do cadáver, senhor sargento — gemeu Von Gunten. — Foi horrível.

Ele cobriu o rosto com as mãos.

— E, claro, você não nos disse nada apenas porque ficou com medo, certo?

— Sim, senhor sargento.

— E agora nós temos que acreditar em você de novo?

— Não sou o assassino, senhor sargento — suplicou o caixeiro-viajante, desesperado —, acredite em mim. Traga o doutor Matthäi, que sabe que estou dizendo a verdade. Eu lhe peço.

— O doutor Matthäi não tem mais nada a ver com o caso — respondeu Treuler. — Amanhã ele viaja para a Jordânia.

— Para a Jordânia — sussurrou Von Gunten. — Disso eu não sabia.

Ele encarou o chão e se calou. Um silêncio sepulcral tomou a saleta, ouviam-se apenas o tique-taque do relógio e, às vezes, na rua, um carro.

Nesse momento, Henzi interveio. Primeiro, fechou a janela; em seguida, sentou-se à mesa de Matthäi, amigável e cortês, apenas movendo a luminária para que a luz caísse sobre o caixeiro-viajante.

— Não fique nervoso, senhor Von Gunten — disse o tenente, com toda a gentileza —, não queremos que o senhor sofra de jeito nenhum. Só estamos nos esforçando para descobrir a verdade. Por isso, precisamos interrogá-lo. O senhor é a testemunha mais importante. Precisa nos ajudar.

— Sim, doutor — respondeu o caixeiro-viajante, parecendo retomar um pouco da coragem.

Henzi encheu um cachimbo.

— O que o senhor fuma, Von Gunten?

— Cigarros, doutor.

— Dê-me um cigarro, Treuler.

O caixeiro-viajante balançou a cabeça. Encarou o chão. A luz o ofuscava.

— A luminária o incomoda? — perguntou Henzi, gentil.

— Está virada direto para meus olhos.

Henzi virou a cúpula da luminária.

— Assim está melhor?

— Melhor — respondeu Von Gunten, baixinho. Sua voz soou agradecida.

— Diga-me, Von Gunten, que tipo de coisas o senhor vende? Pano de chão? — começou Henzi.

— Sim, pano de chão também — disse o caixeiro-viajante, hesitante. Não sabia que pergunta era aquela.

— E o que mais?

— Cadarço, doutor. Escova de dente. Pasta de dente. Sabonete. Creme de barbear.

— Lâmina de barbear?

— Também, doutor.
— De que marca?
— Gillette.
— Só isso, Von Gunten?
— Acho que sim, doutor.
— Ótimo. Mas acho que o senhor se esqueceu de uma coisa — disse Henzi, que continuou mexendo em seu cachimbo. — Não vai passar — falou ele e, em seguida, continuou, casualmente. — Liste o restante de suas coisinhas, Von Gunten. Nós investigamos seu cesto direitinho.
O caixeiro-viajante calou-se.
— Então?
— Faca de cozinha, doutor — disse o caixeiro-viajante, com uma voz baixa e triste. Gotas de suor brilhavam em sua nuca.
Henzi soprava uma nuvem de fumaça atrás da outra, calmo, tranquilo, um jovem amigável, cheio de boa vontade.
— Continue, Von Gunten, o que mais além de faca de cozinha?
— Navalha.
— Por que o senhor hesitou em acrescentá-la?
O caixeiro-viajante emudeceu. Henzi estendeu a mão, aparentemente sem pensar, como se quisesse voltar a mexer na luminária. No entanto, continuou com a mão, quando Von Gunten se assustou. O policial encarava fixo o caixeiro-viajante, fumava um cigarro atrás do outro. Além disso, havia a fumaça do cachimbo de Henzi. O ar na sala era sufocante. Eu teria preferido abrir a janela. No entanto, janelas fechadas fazem parte do método.
— A garota foi morta com uma navalha — observou Henzi, agora de um jeito discreto e casual. Silêncio. O caixeiro-viajante ficou afundado, estático em sua poltrona.

— Caro Von Gunten — continuou Henzi, enquanto se recostava —, vamos falar de homem para homem. Não precisamos fingir nada aqui. Sei que o senhor cometeu o assassinato. No entanto, sei também que está chocado com o crime, como eu, como nós todos. Simplesmente aconteceu com o senhor, o senhor se transformou e, como um animal, atacou e matou a menina sem que quisesse e sem que pudesse evitar. Foi mais forte que o senhor. Quando voltou a si, Von Gunten, o senhor ficou extremamente chocado. Correu até Mägendorf, porque queria se entregar, mas perdeu a coragem. A coragem de confessar. O senhor precisa reencontrar essa coragem, Von Gunten. E nós queremos ajudá-lo com isso.

Henzi calou-se. O caixeiro-viajante balançou-se um pouco na cadeira de escritório. Parecia que ele estava a ponto de colapsar.

— Sou seu amigo, Von Gunten — afirmou Henzi —, aproveite a chance.

— Estou cansado — gemeu o caixeiro-viajante.

— Todos estamos — retrucou Henzi. — Policial Treuler, consiga para nós café e, mais tarde, cerveja. Também para nosso convidado, Von Gunten; afinal, somos justos na polícia do cantão.

— Eu sou inocente, comissário — sussurrou o caixeiro-viajante, rouco —, sou inocente.

O telefone tocou. Henzi atendeu, ouviu com atenção, desligou, sorriu.

— Diga, Von Gunten, o que o senhor comeu ontem na hora do almoço? — perguntou ele, com calma.

— *Bernerplatte.*

— Ótimo, e o que mais?

— Queijo de sobremesa.

— *Emmental, gruyère*?

— *Tilsit* e gorgonzola — respondeu Von Gunten, limpando o suor dos olhos.

— Os caixeiros-viajantes comem bem — comentou Henzi. — E o senhor não comeu mais nada?

— Nada.

— Eu pensaria direito. — Henzi o repreendeu.

— Chocolate — lembrou Von Gunten.

— Viu, mais alguma coisa. — Henzi assentiu com a cabeça, encorajador. — Onde o senhor comeu o chocolate?

— À beira da floresta — disse o caixeiro-viajante; então, olhou para Henzi, desconfiado e cansado.

O tenente apagou a luminária da mesa. Só a lâmpada do teto brilhava fraca na sala enfumaçada.

— Acabei de receber o relatório do instituto médico legal, Von Gunten — explicou ele, lamentoso. — A garota foi dissecada. Encontraram chocolate no estômago dela.

Nesse momento, também fiquei convencido da culpa do caixeiro-viajante. Sua confissão era apenas questão de tempo. Assenti com a cabeça para Henzi e saí da sala."

14

"Eu não me enganei. Na outra manhã, sábado, Henzi ligou-me às sete horas. O caixeiro-viajante confessara. Às oito, eu estava na delegacia. Henzi ainda estava no ex-gabinete de Matthäi. Ele olhava para a janela aberta e se virou para mim, cansado, cumprimentando-me. No chão, garrafas de cerveja, o cinzeiro transbordando. Além dele, não havia ninguém mais na sala.

— Uma confissão detalhada? — perguntei.

— Ele ainda vai falar — respondeu Henzi. — O principal é que confessou o assassinato e o estupro.

— Só espero que o procedimento tenha sido correto — resmunguei.

O interrogatório durou mais de vinte horas. Claro que não era permitido, mas, no fim das contas, na polícia nem sempre conseguimos nos manter no que é prescrito.

— Nenhum método não permitido foi utilizado, comandante — esclareceu Henzi.

Fui até a 'butique' e pedi para me trazerem o caixeiro-viajante. Ele mal podia se manter em pé e foi apoiado pelo policial que o trouxe; ele não se sentou, como pedi que fizesse.

— Von Gunten — eu disse, involuntariamente com um tom amigável na voz —, pelo que soube, o senhor confessou ter assassinado a pequena Gritli Moser.

— Eu matei a menina — respondeu o caixeiro-viajante, em um tom tão baixo que mal pude entender, e olhou para o chão. — Agora, deixe-me em paz.

— Vá dormir, Von Gunten — eu disse —, vamos nos falar mais tarde.

Levaram-no para fora da sala. Encontrei Matthäi à porta. O caixeiro-viajante estacou, respirou fundo. Sua boca abriu-se como se ele quisesse dizer algo, mas não disse palavra. Apenas olhou para Matthäi, que abriu caminho, um tanto constrangido.

— Vá — disse o policial, levando Von Gunten.

Matthäi entrou na 'butique', fechando a porta. Acendi um Bahianos.

— Bem, Matthäi, o que o senhor me diz?

— O pobre camarada foi interrogado por mais de vinte horas?

— Henzi adotou esse método do senhor, o senhor também era bastante obstinado em seus interrogatórios — respondi. — Ele conduziu seu primeiro caso independente com muita eficiência, não acha?

Matthäi não me respondeu.

Pedi para trazerem dois cafés *crème* e *croissants*.

Nós dois estávamos com um tanto de remorso. O café quente não melhorou nosso humor.

— Tenho a sensação — declarou Matthäi, por fim — de que Von Gunten vai voltar atrás na confissão.

— É possível — respondi, chateado. — Então, vamos recomeçar os trabalhos.

— O senhor acha que ele é culpado? — perguntou.

— O senhor não? — devolvi a pergunta.

Matthäi hesitou.

— Sim, na verdade, também — respondeu ele, sem refletir.

A manhã inundou a janela. Um tom prateado fosco. Do Sihlquai soavam os ruídos da rua, e dos alojamentos saíam as tropas, marchando.

Então, Henzi apareceu, entrando sem bater.

— Von Gunten se enforcou — informou."

15

"A cela ficava no fim do grande corredor. Corremos até lá. Dois homens já estavam lidando com o caixeiro-viajante. Ele jazia no chão. Tinham rasgado a camisa; o peito cabeludo estava imóvel. O suspensório ainda balançava na janela.

— Não adianta fazer mais nada — disse um dos policiais. — O homem está morto.

Acendi de novo meu Bahianos, e Henzi pegou um cigarro.

— Com isso, o caso Gritli Moser está encerrado — declarei e voltei pelo corredor infinito até meu gabinete, exausto. — E ao senhor, Matthäi, desejo um voo agradável até a Jordânia."

16

"No entanto, quando por volta das duas da tarde Feller chegou com a viatura ao hotel Urban para, por fim, levar Matthäi ao aeroporto e quando as malas já estavam carregadas, o comissário disse que tinham tempo e pediu para passarem em Mägendorf. Feller obedeceu e seguiu pelas florestas. Chegaram à praça do vilarejo quando o cortejo fúnebre já estava em marcha, uma fila longa de pessoas em silêncio. Reuniu-se um grande grupo dos povoados ao redor e também da cidade para acompanhar o enterro. Os jornais já haviam noticiado a morte de Von Gunten; de forma geral, as pessoas ficaram aliviadas, pois a justiça havia vencido. Matthäi saiu do carro e ficou em pé com Feller entre as crianças da igreja. O féretro foi levado sobre uma carroça puxada por dois cavalos e cercado por rosas brancas. Atrás do féretro, seguiam as crianças, sempre em dupla, com uma coroa, conduzidas pela professora, o professor, o padre, as meninas em vestidos brancos. Então, os pais de Gritli Moser, duas figuras enlutadas. A mulher estacou e olhou para o comissário. Seu rosto estava sem expressão, seus olhos, vazios.

— O senhor manteve sua promessa — disse ela, baixinho, mas de forma tão articulada que o comissário ouviu. — Obrigada. — Então, seguiu adiante. Ereta, orgulhosa ao lado de um homem alquebrado, de repente envelhecido.

O comissário deixou o cortejo inteiro passar, o prefeito da comunidade, representantes do governo, camponeses, operários, donas de casa, filhas, todos em seus melhores e mais solenes trajes. Tudo estava silencioso ao sol da tarde, inclusive entre os espectadores nada se movia, ouviam-se apenas o repicar amplo dos sinos da igreja, o avançar da carroça e os inúmeros passos das pessoas no asfalto duro da rua principal do vilarejo.

— Para o aeroporto — disse Matthäi e voltou a subir na viatura."

17

"Depois de se despedir de Feller e passar pelo controle de passaporte, ele comprou o jornal *Neue Zürcher Zeitung* na sala de espera; nele estava estampada a foto de Von Gunten, indicado como assassino de Gritli Moser, mas também a foto do comissário com uma nota sobre sua convocação honorária. Um homem que alcançara o ápice de sua carreira. Quando entrou na pista de decolagem, porém, a capa de chuva sobre o braço, percebeu que o terraço do edifício estava cheio de crianças. Eram classes escolares visitando o aeroporto. Meninas e meninos em roupas coloridas de verão; havia um agitar de pequenas bandeiras e lenços, uma alegria e uma surpresa com a decolagem e a aterrissagem das gigantescas máquinas prateadas. O comissário estacou, em seguida continuou o trajeto até o avião da Swissair, que aguardava. Quando chegou, os outros passageiros já haviam embarcado. A comissária de bordo que conduzia os viajantes ao avião estendeu a mão para receber a passagem de Matthäi, mas o comissário virou-se outra vez. Observou o grupo de crianças que acenava feliz e exultante para as máquinas prontas para partir.

— Senhorita — disse ele —, não vou voar. — Então, virou-se para o prédio do aeroporto e passou pelo terraço com o grupo imenso de crianças até a saída."

18

"Recebi Matthäi apenas na manhã de domingo — não na 'butique', mas no gabinete oficial com aquela vista tradicional do Sihlquai. Nas paredes, Gubler, Morgenthaler, Hunziker, reconhecidos pintores de Zurique. Eu estava furioso, pois houve gritaria; tinha recebido uma ligação de um senhor do departamento político, que insistia em falar apenas francês; a embaixada da Jordânia protestara e exigira informações do Conselho Federal, as quais eu não pude dar, pois não compreendia o ato de meu ex-subordinado.

— Sente-se, senhor Matthäi — eu disse. Minha formalidade o entristeceu um pouco. Sentamo-nos. Eu não fumei nem fiz menção de que pretendia fumar. Aquilo o inquietou. — O governo federal — continuei — fechou um acordo sobre a transferência de um especialista em polícia para o Estado da Jordânia, e o senhor, doutor Matthäi, também entrou em um acordo com a Jordânia. Esses contratos foram cancelados, pois o senhor não viajou. Estamos entre advogados, eu não preciso ser mais claro que isso.

— Não é necessário — disse Matthäi.

— Por isso, eu lhe peço que viaje o mais rápido possível para a Jordânia — sugeri.

— Não vou viajar — retrucou Matthäi.

— Por quê?

— O assassinato da pequena Gritli Moser não foi solucionado ainda.

— O senhor considera o caixeiro-viajante inocente?

— Isso.

— Mas existe uma confissão.

— Ele deve ter perdido a cabeça. O longo interrogatório, o desespero, o sentimento de abandono. E eu tenho minha parcela de culpa — continuou. — O caixeiro-viajante me procurou, e eu não o ajudei. Eu queria ir para a Jordânia.

A situação era peculiar. No dia anterior havíamos conversado de forma relaxada, agora estávamos ali, frente a frente, em uma situação formal, os dois com roupas de domingo.

— Peço ao senhor que me transfira o caso novamente, comandante — disse Matthäi.

— Não posso fazer isso — respondi a ele —, de jeito nenhum. O senhor não está mais com a gente, doutor Matthäi.

O comissário encarou-me, surpreso.

— Fui demitido?

— O senhor se desligou do serviço da polícia do cantão porque queria assumir o posto na Jordânia — expliquei, tranquilamente. — Essa quebra de contrato é um problema do senhor. Mas, se nós o recontratássemos, significaria que endossamos seu ato. O senhor entende que é impossível.

— Ah, sim — respondeu Matthäi. — Entendo.

— Infelizmente, é algo que não se pode mais mudar — concluí.

Ficamos em silêncio.

— Quando passei em Mägendorf, no caminho para o aeroporto, havia crianças lá — disse Matthäi, em voz baixa.

— O que o senhor quer dizer com isso?

— Um cortejo fúnebre cheio de crianças.

— Mas isso é natural.

— E também no aeroporto havia crianças, classes inteiras de alunos.

— E daí? — Encarei Matthäi, atônito.

— Supondo que eu tenha razão, supondo que o assassino de Gritli Moser ainda esteja vivo, outras crianças correm risco, não? — perguntou Matthäi.

— Certamente — respondi, com calma.

— Se existe esse perigo — continuou Matthäi, com urgência —, é obrigação da polícia proteger as crianças e impedir um novo crime.

— Por isso o senhor não viajou — perguntei, bem devagar —, para proteger as crianças?

— Exatamente — respondeu Matthäi.

Calei-me por um momento. Naquele instante, enxerguei o caso com mais clareza e comecei a entender Matthäi. A possibilidade de que crianças estivessem em perigo, eu disse, à época, precisava ser considerada. Caso Matthäi tivesse razão em sua suposição, era de esperar que o verdadeiro assassino, em algum momento, se revelasse ou, no pior dos casos, deixasse-nos pistas úteis no próximo crime. Parece cínico o que eu disse, mas não é. É apenas horrível. A força da polícia tem e precisa ter limites. Ainda que tudo seja possível, inclusive o mais improvável, precisamos partir do que é provável. Não podíamos dizer que Von Gunten era culpado com certeza, nunca poderíamos dizer isso; poderíamos, no entanto, dizer que ele provavelmente era culpado. Se não quiséssemos inventar um criminoso, o caixeiro-viajante era o único que podíamos cogitar. Já havia cometido crimes sexuais, trazia consigo navalhas e chocolate, tinha sangue nas roupas, também tinha vendido suas mercadorias em Schwyz e Sankt Gallen, onde os outros dois assassinatos aconteceram e, além disso, havia confessado e cometido suicídio: duvidar de sua culpa naquela altura do campeonato era puro diletantismo. O bom senso dizia-nos que Von Gunten era o assassino. E o bom senso poderia ter se enganado, afinal somos apenas humanos, esse era o risco. Precisávamos assumi--lo. Também, infelizmente, o assassinato de Gritli Moser não representava o único crime com que precisávamos lidar. Tínhamos acabado de enviar a tropa para Schlieren, pois houvera quatro invasões graves a propriedades. Do ponto de vista puramente técnico, não podíamos nos dar ao luxo de reabrir o caso. Poderíamos fazer apenas o possível, e isso nós fizemos. Crianças sempre estarão em perigo. Por ano, a estimativa é de mais de duzentos crimes sexuais apenas em nosso cantão. Esclarecíamos a situação aos pais, alertávamos as crianças, fazíamos de tudo, mas não podíamos montar as redes de vigilância de forma tão estreita que nenhum crime jamais aconteceria. Crimes sempre acontecerão — e não porque há poucos policiais, mas porque existem policiais. Se *nós* não fôssemos necessários, também não haveria crimes. Devemos ter isso em mente. Precisamos cumprir nosso dever, nisso Matthäi tinha razão, mas nosso primeiro dever é permanecer em nossos limites, do contrário criaríamos um estado policial.

 Calei-me.

 Lá fora, os sinos da igreja começaram a dobrar.

 — Consigo entender que sua... situação... pessoal ficou mais complicada. O senhor está entre a cruz e a espada — comentei, para finalizar, de forma amigável.

 — Eu lhe agradeço, doutor — disse Matthäi. — Por ora, vou me ocupar do caso Gritli Moser. Em particular.

 — Abandone esse caso — aconselhei.

 — Nem penso nisso — respondeu ele.

Não demonstrei meu desagrado.

— Posso pedir apenas que o senhor não nos incomode mais com isso? — perguntei, levantando-me.

— Como o senhor quiser — respondeu Matthäi.

E assim nos despedimos sem nos dar as mãos em cumprimento."

19

"Foi difícil para Matthäi sair do prédio vazio da polícia, passando por seu ex-gabinete. Já haviam trocado a placa na porta, e Feller, que ele encontrou e que também estava por ali aos domingos, ficou envergonhado. Mal o cumprimentou, murmurou algo a si mesmo. Matthäi parecia um fantasma, mas o que mais o incomodava era o fato de não ter nenhuma viatura à disposição. Estava decidido a voltar o mais rápido possível a Mägendorf, mas não podia levar a cabo, sem mais nem menos, essa resolução, pois a viagem até lá, apesar de não ser longa, era complicada. Precisava pegar o bonde das oito e depois fazer baldeação com o ônibus; no bonde estava também Treuler, que seguia para a casa dos sogros com a mulher; ele encarou o comissário, perplexo, mas não fez nenhuma pergunta. Matthäi também encontrou vários conhecidos, como um professor da faculdade técnica e um pintor. Ele dava apenas informações vagas sobre o fato de não ter viajado; toda vez era uma situação embaraçosa, pois sua 'promoção' e sua viagem haviam sido celebradas; ele parecia um espectro, como alguém que ressuscitara.

Em Mägendorf, os sinos da igreja não badalavam mais. Os camponeses estavam na praça do vilarejo em roupas de domingo ou caminhavam em grupos para o Hirschen. Estava mais fresco que nos dias anteriores, nuvens imensas vinham do oeste. Garotos jogavam futebol perto do vale de Moosbach; nada indicava que perto do povoado, poucos dias antes, um crime ocorrera. Tudo estava alegre, em algum lugar se cantava 'À fonte diante do portal'. Na frente de uma grande casa de fazenda com paredes de madeira e um telhado poderoso, crianças brincavam de esconder; um menino contava até dez em voz alta, e os outros se espalhavam. Matthäi os observou.

— Moço — disse uma voz baixa ao lado dele. Ele olhou ao redor.

Entre uma pilha de lenha e uma cerca viva estava uma garotinha de saia azul. Olhos castanhos, cabelo castanho. Ursula Fehlmann.

— O que você quer? — perguntou o comissário.

— Fique na minha frente — sussurrou a garotinha — para ninguém me encontrar.

O comissário pôs-se diante da menina.

— Ursula — disse ele.

— Você não pode falar tão alto — sussurrou a garota —, ou vão ouvir que você está falando comigo.

— Ursula — sussurrou, então, o comissário. — Não acredito naquela história do gigante.

— Em que você não acredita?

— Que Gritli Moser encontrou um gigante, enorme como uma montanha.

— Mas ele existe.

— Você já viu um desses?

— Não, mas Gritli viu. Agora, fique em silêncio.

Um menino ruivo e sardento passou pela casa. Era o menino que tinha de procurar os outros. Ele parou na frente do comissário, mas depois se esgueirou para o outro lado da casa de fazenda. A menina riu baixinho.

— Ele não me viu.

— O que Gritli narrou era um conto de fadas — sussurrou o comissário.

— Não — disse a menina —, toda semana o gigante esperava Gritli e lhe dava porcos-espinhos.

— Onde?

— No vale Rotkehler — respondeu Ursula. — E ela o desenhou. Então, ele deve existir. E os porquinhos-espinhos também.

Matthäi hesitou.

— Ela desenhou o gigante?

— O desenho está pendurado na sala de aula — disse a menina. — Chega para lá. — E logo ela se espremeu entre a pilha de lenha e Matthäi, saltou da casa de fazenda e chegou com um grito de comemoração à ombreira da porta que devia tocar antes do menino que corria por trás da casa."

20

"As notícias que recebi na manhã de segunda-feira eram estranhas e inquietantes. Primeiro, o prefeito da comunidade de Mägendorf reclamou por telefone que Matthäi invadiu a escola e pegou um desenho da falecida Gritli Moser. Recusava-se a tolerar mais intromissões da polícia do cantão em seu vilarejo, pois precisavam de paz depois de todo aquele horror; por fim e de forma pouco amigável, avisou-me que expulsaria Matthäi do povoado com um cão de caça se ele aparecesse lá mais uma vez. Em seguida, Henzi queixou-se por ter tido um desentendimento embaraçoso com Matthäi no Kronenhalle; seu ex-chefe estava visivelmente bêbado, tinha tomado um litro de Réserve du Patron, ainda pedido um conhaque, e o chamou de assassino judicial; sua mulher, ex-senhorita Hottinger, tinha ficado indignada. E não parou por aí. Depois da reunião matutina, soube por Feller que justamente um sujeito da polícia municipal relatara-lhe que Matthäi tinha sido visto em vários bares e estava hospedado no hotel Rex. Além disso, foi relatado que Matthäi estava fumando. Parisiennes. Era como se o homem tivesse se transformado, metamorfoseado, mudado de caráter do dia para a noite. Pensei se tratar de um colapso nervoso iminente e liguei para um psiquiatra que com frequência nos preparava pareceres.

Para minha surpresa, o médico respondeu que Matthäi tinha marcado uma consulta com ele naquela tarde, ao que lhe informei sobre os acontecimentos.

Então, escrevi para a embaixada da Jordânia. Informei que Matthäi estava doente e pedira licença, mas que em dois meses o comissário estaria em Amã."

21

"A clínica particular ficava longe da cidade, no vilarejo de Röthen. Matthäi pegou o trem e precisou caminhar um bom pedaço. Não teve paciência para esperar o ônibus, que logo o ultrapassou, e o olhou com uma leve irritação. Passou por pequenas aldeias de camponeses. Crianças brincavam às margens da estrada, e os camponeses trabalhavam na terra. O céu estava carregado, prateado. Tinha esfriado novamente, a temperatura estava despencando até zero, felizmente sem o alcançar. Matthäi passou pela colina e virou para Röthen, no caminho de uma planície até a clínica. A primeira coisa que percebeu foi um prédio amarelo com uma chaminé alta que parecia uma fábrica sombria. Logo, porém, a paisagem ficou mais agradável. O prédio principal ficava escondido por faias e álamos, mas ele percebeu também cedros e uma sequoia-gigante. Entrou no parque. Havia uma bifurcação no caminho. Matthäi seguiu uma placa: 'Administração'. Em meio a árvores e arbustos, reluzia um pequeno lago, mas talvez fosse também apenas a névoa baixa. Silêncio sepulcral. Matthäi ouvia somente seus passos estalarem no cascalho. Pouco depois, o ruído de um rastelo. Um rapaz estava cuidando da trilha de cascalho, fazendo movimentos lentos e uniformes. Indeciso, Matthäi estacou. Não sabia aonde deveria ir; não viu mais nenhuma placa.

— Pode me dizer onde fica a administração? — dirigiu-se ao jovem.

O rapaz não respondeu. Ele continuou a mexer no cascalho de um jeito uniforme, calmo, como uma máquina, como se ninguém tivesse falado com ele, como se não houvesse ninguém ali. Seu rosto era inexpressivo, e como sua atividade enfatizava seu corpo obviamente forte, o comissário foi acometido pela sensação de perigo iminente. Como se o rapaz pudesse atacar com seu rastelo. Ele se sentiu inseguro. Avançou com hesitação e entrou em um pátio. Logo em seguida, entrou em um segundo pátio, maior. De ambos os lados, havia colunas ao longo de corredores, como em um mosteiro; mas o pátio era encerrado por um prédio que parecia ser uma casa de campo. Ali também não havia ninguém, apenas de algum lugar vinha uma voz lamentosa, alta e suplicante, que sempre repetia a mesma palavra, sempre, sem cessar. Matthäi estacou novamente, incerto. Foi acometido por uma tristeza inexplicável. Ficou desanimado como nunca. Empurrou a maçaneta de um antigo portal cheio de rachaduras profundas e palavras riscadas, mas a porta não cedeu. O que se ouvia era apenas a voz, sempre a voz. Ele caminhou como um sonâmbulo pelo corredor de colunas. Nos grandes vasos de pedra, havia tulipas vermelhas; em outros, amarelas. Então, ouviu passos; um velho alto cheio de dignidade surgiu pelo corredor. Confuso, um pouco surpreso. Uma enfermeira o levava.

— Olá — disse o comissário —, gostaria de falar com o professor Locher.

— O senhor tem hora marcada? — perguntou a enfermeira.

— Ele está me aguardando.

— Então, o senhor pode ir ao salão — disse a enfermeira, apontando para uma porta dupla —, logo o atenderão. — Na sequência, ela continuou levando pelo braço o homem, que parecia meio zonzo, abriu uma porta e desapareceu com ele. Ainda se ouvia a voz de algum lugar. Matthäi entrou no salão, um cômodo grande com móveis antigos, poltronas e um imenso sofá, sobre o qual pendia, em uma pesada moldura dourada, a foto de um homem. Devia ser o fundador do hospício. Além disso, nas paredes pendiam também fotos de regiões tropicais, talvez do Brasil. Matthäi pensou reconhecer o interior do Rio de Janeiro. Ele passou por uma das portas duplas que levavam a um terraço. No entanto, não dava mais para avistar o parque, pois a névoa havia se intensificado. Matthäi imaginou um terreno amplo e ondulado com algum monumento ou túmulo e, ameaçador, sombrio, um álamo prateado. O comissário ficou impaciente. Acendeu um cigarro; sua nova paixão o acalmava. Voltou para o salão, ao sofá; diante dele havia uma mesa antiga e redonda com livros velhos: Gustav Bonnier, *Flore complète de France, Suisse et Belgique*. Ele o folheou; cuidadosamente desenhados, havia quadros de flores, gramados, com certeza muito bonitos, tranquilizantes; o comissário não sabia o que fazer com aquilo. Fumou outro cigarro. Por fim, entrou uma enfermeira, uma pessoa pequena e enérgica com óculos sem aro.

— Senhor Matthäi? — perguntou ela.

— Sou eu.

A enfermeira olhou ao redor.

— O senhor não trouxe bagagem?

Matthäi fez que não com a cabeça, surpreso por um instante com a pergunta.

— Gostaria apenas de fazer algumas perguntas ao professor — respondeu ele.

— Por favor — disse a enfermeira e levou o comissário por uma pequena porta."

22

"Ele entrou em uma sala pequena e, para sua surpresa, bastante humilde. Nada indicava o consultório de um médico. Nas paredes, imagens parecidas com as do salão; além disso, fotografias de homens sérios com óculos sem aro e barba, rostos monstruosos. Sem dúvida, predecessores. A mesa e as cadeiras estavam carregadas de livros, apenas uma antiga poltrona de couro restava livre. O médico estava sentado de jaleco branco atrás de suas pastas, era pequeno, magro como um passarinho, e também usava óculos sem aro, como a enfermeira e os barbudos na parede. Pareciam ser obrigatórios óculos sem aro, talvez também sinal ou marca de uma ordem secreta, como a tonsura dos monges. O comissário não sabia.

A enfermeira retirou-se. Locher levantou-se e cumprimentou Matthäi.

— Bem-vindo — disse ele, um pouco embaraçado —, fique à vontade. Está tudo meio desmazelado. Somos uma instituição beneficente, falta um tanto de financiamento.

Matthäi sentou-se na poltrona de couro. O médico acendeu a luminária da escrivaninha, pois o cômodo estava bastante escuro.

— Posso fumar? — perguntou Matthäi.

Locher hesitou.

— Por favor — disse ele; depois, observou com cuidado Matthäi por sobre seus óculos empoeirados. — Antes o senhor não fumava, não é?

— Nunca.

O médico meneou a cabeça e começou a rabiscar, obviamente alguma anotação. Matthäi esperou.

— O senhor nasceu em 11 de novembro de 1903, não foi? — perguntou o médico enquanto escrevia.

— Sim.

— Ainda está no hotel Urban?

— Agora, no Rex.

— Bem, agora no Rex. Na Weinbergstrasse. Então, o senhor ainda mora em quartos de hotel, meu bom Matthäi?

— Isso parece surpreender o senhor.

O médico ergueu os olhos dos papéis.

— Olhe, meu bom homem — disse ele —, o senhor já mora há trinta anos em Zurique. Outros formam família, criam sua prole, põem o futuro em movimento. O senhor não tem vida particular? Desculpe perguntar desta forma.

— Entendo — respondeu Matthäi, que de uma vez compreendeu tudo, inclusive a pergunta da enfermeira sobre as malas. — O comandante fez um relatório ao senhor.

O médico deixou sua caneta-tinteiro cuidadosamente de lado.

— O que quer dizer com isso, caríssimo?

— O senhor recebeu a missão de me investigar — declarou Matthäi, esmagando seu cigarro. — Porque, para a polícia do cantão, eu não pareço muito... normal.

Os dois homens calaram-se. Do lado de fora, a névoa pairava diante da janela, opaca, um crepúsculo sem rosto, que rastejava cinza para dentro da saleta cheia de livros e pilhas de pastas. Além disso, o ar frio e bolorento misturava-se ao cheiro de algum medicamento.

Matthäi levantou-se, foi até a porta e a abriu. Lá fora havia dois homens de avental branco, os braços dados. Matthäi voltou a fechar a porta.

— Dois atendentes. Para o caso de eu causar problemas.

Locher não perdeu a calma.

— Olha só, Matthäi — disse ele. — Quero lhe falar agora como médico.

— Como quiser — respondeu Matthäi, e sentou-se.

Ele havia sido informado, assim continuou Locher, pegando novamente sua caneta-tinteiro, de que nos últimos tempos Matthäi comportara-se de um jeito que não se podia mais descrever como normal. Por isso, era necessária uma voz franca. Matthäi tinha um trabalho duro e também precisava ser duro com as pessoas ao seu redor, por isso precisava justamente perdoá-lo, ao médico, por falar assim, de forma tão direta, pois seu trabalho tinha feito dele um homem durão. E desconfiado. Ao considerar o comportamento de Matthäi, achou por fim estranho que ele tivesse virado as costas para uma chance única como aquela da Jordânia de forma inesperada, repentina. Além disso, a ideia fixa de procurar um assassino que já havia sido encontrado, também esta resolução súbita de começar a fumar, também esta tendência incomum ao alcoolismo, quatro conhaques duplos depois de um litro de Réserve, rapaz, olha, parece mesmo uma mudança de caráter por demais errática, como sintomas de uma doença incipiente. Assim, apenas no melhor interesse de Matthäi, ele deveria se deixar examinar a fundo para que houvesse um panorama correto, tanto no sentido clínico quanto no psicológico; por isso, o médico sugeria que ele ficasse alguns dias em Röthen.

O médico silenciou e de novo se debruçou sobre seus papéis, retomando as anotações.

— O senhor tem febre às vezes?

— Não.

— Dificuldades de fala?

— Também não.

— Vozes?
— Que bobagem.
— Sudorese repentina?
Matthäi fez que não com a cabeça. A tarde caindo e a falação do médico o deixaram impaciente. Tateou o casaco em busca dos cigarros. Finalmente, os encontrou; o fósforo aceso, que o médico lhe estendeu, ele tomou com mão trêmula. De raiva. A situação era tola demais, ele tinha que ter previsto aquilo e escolhido outro psiquiatra. Mas adorava aquele médico, que às vezes eles consultavam como especialista na Kasernenstrasse, mais pela bonomia; tinha confiança nesse homem, porque os outros médicos desdenhavam dele, pois era considerado estranho e sonhador.

— Nervoso — afirmou o médico. Quase feliz. — Devo chamar a enfermeira? Se o senhor já quiser ir ao quarto...

— Isso não me ocorreu — respondeu Matthäi. — O senhor tem conhaque?

— Eu lhe dou um tranquilizante — sugeriu o médico, levantando-se.

— Não preciso de tranquilizante nenhum, preciso de conhaque — retrucou o comissário, grosseiro.

O médico deve ter lançado mão de um dispositivo sinalizador escondido, pois um dos atendentes apareceu na porta.

— Busque, por favor, uma garrafa de conhaque e dois copos em meus aposentos — ordenou o médico, que esfregou as mãos, pois o frio entrou. — E rápido.

O atendente desapareceu.

— De fato, Matthäi — explicou o médico —, sua admissão me parece urgentemente necessária. Do contrário, ficaremos diante do mais magnífico colapso mental e físico. E isso é o que queremos evitar, não é verdade? Com um pouco de coragem, podemos conseguir.

Matthäi não respondeu nada. O médico também não disse mais palavra. Então, o telefone tocou, Locher atendeu e disse:

— Não estou disponível.

Lá fora, diante da janela, estava quase sombrio, de tão escuro. A noite veio de uma vez.

— Posso acender a luz? — perguntou o médico, apenas para dizer alguma coisa.

— Não.

Matthäi havia recuperado a tranquilidade. Quando o atendente voltou com o conhaque, ele se serviu, tomou tudo de uma vez, serviu mais uma dose.

— Locher — disse ele —, deixe de lado esta bobagem de homem para homem, rápido com isso e tudo o mais. O senhor é médico. Em sua carreira, já se deparou com um caso que não conseguiu resolver?

O médico encarou Matthäi com surpresa. Incomodou-se com a pergunta, ficou intranquilo, não sabia o que dizer.

— A maioria de meus casos não é para se resolver — respondeu ele, por fim, sincero, embora tivesse sentido, no mesmo instante, que nunca poderia ter dado essa resposta a um paciente como o que ele via em Matthäi.

— Posso imaginar isso em seu trabalho — respondeu Matthäi, com uma ironia que soou triste ao médico.

— O senhor veio até aqui para me fazer essa pergunta?

— Também.

— O que aconteceu com o senhor, pelo amor de Deus? O senhor era nosso homem mais razoável — disse o médico, confuso.

— Não sei — respondeu Matthäi, inseguro —, a menina assassinada.
— Gritli Moser?
— Não paro de pensar nessa menina.
— Ela não o deixa em paz?
— O senhor tem filhos? — perguntou Matthäi.
— Também não sou casado — respondeu o médico, baixo e, de novo, embaraçado.
— Então, eu também não. — Matthäi calou-se, sombrio. — Veja só, Locher — explicou, então —, eu a olhei com precisão e não desviei o olhar, como fez meu sucessor, Henzi, o normal: um cadáver mutilado jazia no mato, apenas o rosto intocado, o rosto de uma criança. Eu o encarei, nos arbustos havia ainda uma saia vermelha e pedaços de pão. No entanto, isso não foi o que vi de terrível.

Matthäi ficou em silêncio de novo. Como se estivesse chocado. Era um homem que nunca falava de si e agora era obrigado a fazê-lo, porque precisava daquele pequeno médico com jeito de passarinho e óculos ridículos, somente ele poderia ajudá-lo, mas para isso tinha de lhe dar sua confiança.

— O senhor, com razão, surpreendeu-se — por fim, ele continuou — com o fato de eu ainda morar em um hotel. Eu não quis confrontar o mundo, eu queria lidar com ele como um especialista, mas não sofrer com ele. Quis permanecer acima dele, não perder a cabeça e dominá-lo como um técnico. Suportei a visão da menina, mas quando fiquei de frente com os pais, de repente não suportei mais, quis sair correndo daquela casa maldita em Moosbach, então jurei por minha alma que encontraria o assassino, apenas para não precisar mais ver o sofrimento daqueles pais, sem me importar se eu poderia honrar aquela promessa, porque eu precisava ir para a Jordânia. Assim, deixei que a velha indiferença tomasse conta de mim de novo, Locher. Foi horrível. Eu não lutei pelo caixeiro-viajante, deixei que tudo acontecesse. Tornei-me de novo a impessoalidade em pessoa, Matthäi do Fim do Mundo, como me chamam na delegacia. Fugi novamente para a tranquilidade, a superioridade, a formalidade, a desumanidade, até que vi as crianças no aeroporto.

O médico empurrou as notas para longe.

— Eu dei meia-volta — disse Matthäi. — O resto o senhor sabe.

— E agora? — perguntou o médico.

— E agora estou aqui. Porque eu não acredito na culpa do caixeiro-viajante e preciso honrar a minha promessa.

O médico levantou-se, foi até a janela.

O atendente apareceu, atrás dele o segundo.

— Voltem para o departamento — disse o médico —, não preciso mais de vocês.

Matthäi serviu-se do conhaque e sorriu.

— Bom este Rémy Martin.

O médico ainda estava de frente para a janela, olhava para fora.

— Como posso ajudar o senhor? — perguntou, desajeitado. — Não sou criminalista. — Em seguida, virou-se para Matthäi. — Por que acredita na inocência do caixeiro-viajante?

— Aqui.

Matthäi pôs um papel sobre a mesa e desdobrou-o cuidadosamente. Era um desenho de criança. No lado inferior direito estava escrito 'Gritli Moser' em uma caligrafia desajeitada e um homem estava desenhado com lápis de cor. Era grande, maior que os pinheiros que o cercavam como uma grama estranha, desenhado como as crianças desenham, ponto, ponto, vírgula, risco, círculo, e lá estava o rosto. Usava um chapéu preto e roupas pretas, e da mão direita, que era um círculo com cinco riscos, caíam pequenas bolinhas com muitos cabelinhos, como estrelas, sobre uma menina pequenina embaixo dele, ainda menor que os pinheiros. Bem acima, no céu, havia um carro preto, e ao lado dele um animal peculiar com chifres estranhos.

— Este desenho é de Gritli Moser — explicou Matthäi. — Eu o peguei da sala de aula dela.

— O que ele representa? — perguntou o médico, olhando para o desenho, perdido.

— O gigante dos porcos-espinhos.

— O que significa?

— Gritli contava que um gigante na floresta lhe dava de presente pequenos porcos-espinhos. O desenho representa esse encontro — comentou Matthäi, apontando para os pequenos círculos.

— E então o senhor acredita que...

— A suspeita de que Gritli Moser representou seu assassino como o gigante dos porcos-espinhos não é totalmente injustificada.

— Isso é loucura, Matthäi — retrucou o médico, relutante —, esse desenho é apenas um produto da fantasia, não deposite aí suas esperanças.

— É possível — respondeu Matthäi —, mas é preciso dar uma boa olhada no automóvel. Gostaria de dizer que se trata de um velho modelo americano e que o gigante está bem representado também.

— Não existem gigantes — disse o médico, com impaciência. — Não me venha com histórias da carochinha.

— Um homem alto, grande, poderia facilmente parecer um gigante para uma menininha.

O médico encarou Matthäi, surpreso.

— O senhor acha que o assassino é um homem grande.

— Claro que isso é uma suposição vaga — comentou o comissário, evasivo. — Se estiver correta, o assassino dirige um carro mais velho, americano e preto.

Locher puxou os óculos para a testa. Pegou o desenho, observando-o com atenção.

— O que devo fazer? — perguntou ele, inseguro.

— Digamos que, do assassino, não possuo nada além deste desenho — explicou Matthäi —, e esta seria a única pista a seguir. Nesse caso, eu ficaria como um leigo diante de uma radiografia. Não saberia interpretar o desenho.

O médico fez que não com a cabeça.

— A partir deste desenho infantil, não seria possível discernir nada sobre o assassino — respondeu ele, pondo novamente o desenho sobre a mesa. — Só é possível dizer algo sobre a garota que fez o desenho. Gritli devia ser uma criança inteligente, astuta e feliz. Crianças não desenham apenas o que veem, mas também o que sentem em relação ao que veem. Fantasia e realidade misturam-se. Então, no desenho há algumas coisas reais, o homem grande, o carro, a menina; outras parecem codificadas, os porcos-espinhos, o animal com grandes chifres. Um grande enigma. E a solução, bem, Gritli levou consigo para o túmulo. Sou médico, não sou necromante. Pode guardar seu desenho. Não faz sentido ficar pensando nele.

— O senhor não ousa pensar nele.

— Odeio perder tempo.

— O que o senhor chama de perda de tempo seja talvez apenas um método antigo — comentou Matthäi. —

O senhor é cientista e sabe o que é uma hipótese de trabalho. Observe minha suposição de ter encontrado o assassino neste desenho como uma hipótese. Embarque em minha ficção e vamos investigar o que pode se originar dela.

Locher encarou o comissário por um momento, pensativo, depois observou o desenho de novo.

— Como era a aparência do caixeiro-viajante? — perguntou ele.

— Comum.

— Inteligente?

— Não era idiota, e sim preguiçoso.

— Ele não havia sido condenado uma vez por crime sexual?

— Foi com uma garota de catorze anos.

— Relacionamentos com outras pessoas do sexo feminino?

— Sim, como caixeiro-viajante. Ele rodava muito por aí — respondeu Matthäi.

Agora, Locher estava interessado. Algo não batia.

— Pena que esse Don Juan confessou e se enforcou — murmurou ele —, pois ele não me parece de jeito nenhum um assassino estuprador. Vamos agora assumir sua hipótese. É possível que o gigante dos porcos-espinhos no desenho tenha a aparência do assassino. Ele é grande, imenso. Em sua maioria, as pessoas que cometem esse tipo de crime contra crianças são primitivas, mais ou menos idiotas, imbecis e débeis mentais, como nós, médicos, costumamos dizer, robustas, com tendência ao crime e com complexo de inferioridade ou impotência frente às mulheres.

Ele parou um tempo, parecendo ter descoberto algo.

— Estranho — disse.

— O quê?

— A data embaixo do desenho.
— O que tem?
— Mais de uma semana antes do assassinato. Gritli Moser deve ter encontrado seu assassino antes do crime, se sua hipótese for válida, Matthäi. Estranho que ela tenha contado seu encontro na forma de um conto de fadas.
— Como fazem as crianças.
Locher balançou a cabeça.
— Crianças nunca fazem algo assim sem motivo — contradisse. — Provavelmente o grande homem de preto proibiu Gritli de contar para as pessoas sobre o encontro misterioso. E a pobrezinha obedeceu e, em vez de falar a verdade, ela criou um conto de fadas, do contrário alguém poderia levantar suspeita e ela poderia ter sido salva. Confesso que a história nesse caso ficará diabólica. A menina foi estuprada? — perguntou ele, sem rodeios.
— Não — respondeu Matthäi.
— O mesmo aconteceu com as garotas que foram mortas anos atrás em Sankt Gallen e no cantão de Schwyz?
— Exatamente.
— Também com uma navalha?
— Sim.
O médico serviu-se também de uma dose de conhaque.
— Não se trata de crime sexual — disse ele —, mas de um ato de vingança; o criminoso queria se vingar das mulheres com esses assassinatos, isso independentemente de ter sido o caixeiro-viajante ou o gigante dos porcos-espinhos.
— Mas uma menina não é uma mulher.
Locher não se deixava confundir.
— Ainda assim, pode substituir uma mulher na mente de pessoas doentes — explicou ele. — Pois o que o

assassino não ousa fazer com mulheres ele faz com meninas. Ele as mata no lugar da mulher. Por isso ele se aproxima do mesmo tipo de menina. Se o senhor verificar, as vítimas são todas iguais. Não se esqueça de que se trata de uma pessoa primitiva, não importa se a imbecilidade é nata ou adquirida por doença, essas pessoas não têm nenhum controle sobre suas pulsões. A capacidade de resistência que impõem a seus impulsos é anormalmente pequena, precisa de muito pouco, o metabolismo um pouco alterado, algumas células degeneradas, e vira bicho.

— E o motivo da vingança?

O médico refletiu.

— Talvez conflitos sexuais — comentou —, talvez o homem tenha sido oprimido ou explorado por uma mulher. Talvez sua mulher fosse rica, e ele pobre. Talvez ela ocupasse uma posição social superior à dele.

— Nada disso se aplica ao caixeiro-viajante — afirmou Matthäi.

O médico deu de ombros.

— Então, outra coisa vai se aplicar a ele. As coisas mais absurdas são possíveis entre um homem e uma mulher.

— Existe o perigo de novos assassinatos? — questionou Matthäi. — Caso o assassino não seja o caixeiro-viajante?

— Quando aconteceu o assassinato no cantão de Sankt Gallen?

— Há cinco anos.

— No cantão de Schwyz?

— Há dois.

— As distâncias ficam menores de caso a caso — observou o médico. — Isso poderia indicar uma piora na doença. Ao que parece, a resistência frente às influências deve estar cada vez mais fraca e, provavelmente em alguns meses, sim, até em semanas, o doente cometerá um novo assassinato, caso encontre oportunidade.

— Qual é o comportamento neste meio-tempo?

— Primeiro, o doente se sentiria aliviado — respondeu o médico, um tanto hesitante —, mas logo um novo sentimento de ódio vai se reunir, uma nova necessidade de vingança aparecerá. No início, ele vai se demorar onde houver crianças, na frente de escolas, por exemplo, ou em praças. Em seguida, começará aos poucos a circular com seu carro e a procurar uma nova vítima e, quando encontrar a garota certa, vai fazer amizade com ela, até que aconteça tudo de novo.

Locher silenciou.

Matthäi pegou o desenho, dobrou e enfiou no bolso da camisa, encarou a janela, e agora já era noite.

— Deseje-me sorte para encontrar o gigante dos porcos-espinhos, Locher — disse ele.

Assustado, o médico olhou para ele, compreendendo tudo de repente.

— O gigante do porco-espinho é mais que uma simples hipótese de trabalho para o senhor, não é, Matthäi? — perguntou ele.

— Para mim, ele é importante. Não duvidei em nenhum momento de que ele seja o assassino — confessou Matthäi.

Tudo o que ele tinha lhe dito era apenas especulação, um simples jogo mental sem valor científico, explicou-lhe o médico, irritado porque tinha sido enganado e não enxergara a intenção de Matthäi. Havia apontado apenas para uma simples possibilidade entre milhares de outras. Com o mesmo método, era possível comprovar que qualquer pessoa poderia ser o assassino, cada bobagem no fim das contas era imaginável e, de alguma forma, podia ser fundamentada de forma lógica, disso Matthäi sabia muito bem; ele, Locher, tinha participado dessa ficção apenas por bondade, mas agora Matthäi deveria ser homem suficiente para ver a realidade sem hipóteses e ter a coragem de se resignar com os fatores que provavam inequivocamente a culpa do caixeiro-viajante. O desenho da criança era apenas produto da fantasia ou correspondia a um encontro da menina com uma pessoa que não era o assassino, não poderia ser o assassino.

— Deixe comigo — respondeu Matthäi, bebendo de uma vez seu conhaque —, pois vou determinar o grau de probabilidade de suas observações.

O médico não respondeu de imediato. Ficou sentado à velha mesa, cercado de livros e relatórios, o diretor de uma clínica que ficara antiquada, à qual faltava dinheiro para o mais necessário e na qual ele se esfalfava para prestar serviços.

— Matthäi — disse ele, por fim, para terminar, e sua voz soava cansada e amarga —, o senhor vai tentar algo impossível. Não quero agora parecer patético. As pessoas têm suas vontades, sua ambição, seu orgulho; ninguém gosta de abrir mão disso. Entendo, sou assim também. É preocupante, porém, o senhor querer procurar um assassino que com toda probabilidade não existe; e, caso exista, o senhor nunca o encontrará, porque há muitos que se enquadram neste perfil e apenas por acaso não são assassinos. Pode ser corajoso de sua parte escolher a loucura como método, isso reconheço, e posições extremas hoje impressionam, mas, se esse método não levar ao objetivo, temo que tudo o que lhe restará depois disso será a loucura.

— Adeus, doutor Locher — disse Matthäi."

23

"Recebi um relatório de Locher sobre a conversa; como sempre, sua escrita minúscula e precisa em alemão gótico era quase ilegível. Mandei buscar Henzi. Ele precisava estudar o documento também. Ele disse que o próprio médico falava de hipóteses infundadas. Eu não sabia ao certo; o médico parecia ter medo da própria coragem. Nesse momento, tive dúvidas. Por fim, não tínhamos uma confissão completa do caixeiro-viajante que pudéssemos reconsiderar, mas apenas uma confissão geral. Além disso, a arma do crime não havia sido encontrada ainda, nenhuma das navalhas vistas no cesto tinha vestígio de sangue. Isso me pôs, de novo, a pensar. No entanto, Von Gunten não seria inocentado em retrospecto, os fatos suspeitos ainda eram pesados; eu estava inquieto. As ações de Matthäi iluminavam mais do que eu admitia. Para descontentamento do promotor, cheguei a ponto de mandar vasculhar de novo a floresta em Mägendorf, mas novamente não tivemos nenhum resultado. A arma do crime permanecia desaparecida. Obviamente, estava enterrada na ravina, como acreditava Henzi.

— Bem — disse ele, tirando do maço o cigarro que cheirava a grama —, de verdade, não podemos fazer mais nada pelo caso. Ou Matthäi está maluco, ou nós. Agora precisamos nos decidir.

Apontei para as fotografias que pedi para trazerem. As três meninas assassinadas eram idênticas.

— Isto aponta de novo para o gigante dos porcos-espinhos.

— Por quê? — questionou Henzi, com sangue-frio. — As garotas correspondem ao tipo do caixeiro-viajante. —

Em seguida, riu. — Só me surpreende o que Matthäi fez. Eu não gostaria de estar na pele dele.

— Não o subestime — murmurei. — Ele é capaz de qualquer coisa.

— Ele também vai encontrar um assassino que nem existe, comandante?

— Talvez — respondi e enfiei as três fotografias de volta nas pastas.

— Só sei que Matthäi não vai desistir.

Eu tinha razão. A primeira notícia chegou do chefe da polícia municipal. Depois de uma reunião. Tínhamos acabado de resolver um caso de jurisdição, e esse infeliz, no momento das despedidas, veio me falar de Matthäi. Certamente para me irritar. Soube que ele era visto com frequência no jardim zoológico, além disso, tinha comprado um velho automóvel Nash em uma concessionária na praça Escher-Wyss. Pouco depois, recebi outra notícia, que me deixou totalmente confuso. Foi no Kronenhalle, em um domingo, eu lembro exatamente. A meu redor estavam reunidos todos que em Zurique tinham nome, voz e apetite, as garçonetes estavam ocupadas por ali, os pratos nos carrinhos fumegavam, e da rua vinha o ruído do tráfego. Eu estava sentado diante de uma sopa de almôndega de fígado embaixo do Miró e não pensava em nada ruim, quando o representante de uma grande empresa de combustível me abordou, sentando-se à mesa sem nenhuma cerimônia. Estava levemente bêbado e animado, pediu um destilado de vinho Marc e me contou rindo que meu ex-tenente sênior tinha trocado de emprego e comprado um posto de gasolina no cantão dos Grisões, perto de Chur, o qual a empresa já queria fechar por não gerar quase nenhum lucro.

Primeiro eu não quis dar crédito nenhum àquela notícia, pois me parecia ilógica, tola, absurda.
O representante insistiu na história. Elogiou que Matthäi surpreendera no novo trabalho. O posto de gasolina prosperava. Matthäi tinha muitos clientes. Quase exclusivamente aqueles com os quais ele já tinha lidado, ainda que de outra forma. Havia rumores de que Matthäi do Fim do Mundo virara dono de posto de gasolina, então o pessoal dos 'velhos tempos' chegava com seus automóveis de todos os lados, aproximando-se devagar ou a toda velocidade; desde veículos antediluvianos até o Mercedes mais caro, todos estavam ali representados. O estabelecimento de Matthäi transformara-se em uma espécie de local de peregrinação para o submundo de toda a Suíça oriental. A venda de gasolina subiu imensamente. A empresa havia acabado de instalar para ele uma segunda bomba de gasolina aditivada e também lhe ofereceu construir um prédio moderno no lugar da antiga casa em que ele residia no momento. Ele recusou agradecido e se negou a contratar um ajudante. Com frequência, havia filas de carros e motocicletas, mas ninguém ficava impaciente. A honra de ser atendido por um ex-tenente sênior da polícia do cantão era obviamente muito grande.
Eu não sabia o que dizer. O representante despediu-se e, quando o carrinho passou com pratos fumegantes, eu não tinha mais apetite, comi apenas um pouco, pedi uma cerveja. Mais tarde, como de costume, Henzi chegou com sua ex-senhorita Hottinger, mal-humorado, pois um referendo não havia acabado como ele gostaria. Ouviu a novidade e comentou que Matthäi perdera mesmo a cabeça, que ele sempre havia profetizado isso e, de repente, ficou de bom humor, comeu dois bifes

enquanto a namorada falava sem parar do teatro, onde ela conhecia algumas pessoas.

Em seguida, poucos dias depois, o telefone tocou. Durante uma reunião. Claro, novamente a polícia municipal. A diretora de um orfanato. A senhora contou-me com azáfama que Matthäi tinha aparecido vestido em roupas solenes, todo de preto para dar uma impressão séria, e perguntou se não poderia adotar certa garota do círculo de suas protegidas, como ela expressou. Seria apenas aquela garota; sempre fora seu desejo ter uma filha, e agora que ele estava sozinho, tocando um posto de gasolina nos Grisões, estaria em condições de educá-la. Obviamente ela recusou o pedido, de forma educada, como pregava o estatuto do orfanato; meu ex-tenente sênior, porém, tinha causado uma impressão tão estranha que ela considerou ser sua obrigação me informar. Então, desliguei o telefone. Aquilo era, sem dúvidas, peculiar. Perplexo, fumei um de meus Bahianos. O comportamento de Matthäi, no entanto, tornou-se deveras impossível para nós, na Kasernenstrasse, por outro assunto. Levamos para a delegacia um sujeito bastante preocupante, um homem que extraoficialmente era cafetão e oficialmente era cabeleireiro, que havia se instalado em uma mansão em um vilarejo bem aconchegante à beira do lago, famoso por seus muitos poetas e escritores. De qualquer forma, o trânsito de táxis e carros particulares ficou mais que agitado naquelas bandas. Nem bem comecei o interrogatório, ele já estava se gabando, irradiando alegria para nos esfregar a novidade na cara. Matthäi estava morando com aquela garota, Heller, em seu posto de gasolina. Imediatamente liguei para Chur, então para o posto policial responsável pela região; a notícia era verdadeira. Fiquei emudecido, o fato havia me deixado sem palavras. O cabeleireiro estava ali, à minha escrivaninha, triunfante, mastigando sua goma de mascar. Eu capitulei, ordenei que, em nome de Deus, soltassem o velho pecador, pois ele tinha levado a melhor. O episódio era alarmante. Fiquei perplexo; Henzi, indignado; o promotor, enojado; e o conselheiro federal, que também ficou sabendo do assunto, usou a palavra 'vergonha'. Heller já tinha sido nossa hóspede na Kasernenstrasse. Uma colega dela — bem, uma dama também conhecida na cidade — tinha sido assassinada; suspeitávamos que Heller sabia mais do caso do que havia nos contado, e mais tarde ela foi abruptamente expulsa do cantão de Zurique, embora, desconsiderando sua profissão, não houvesse de fato nada contra ela. No entanto, sempre há gente na administração que têm seus preconceitos. Resolvi intervir, dirigir até lá. Senti que as ações de Matthäi tinham a ver com Gritli Moser, mas não compreendia como. O fato de eu não saber o que estava acontecendo me deixava furioso e inseguro; além disso, havia a curiosidade criminalista. Como homem da ordem, eu queria saber o que estava acontecendo."

24

"Pus-me a caminho em meu carro, sozinho. Era domingo de novo, e ocorre-me agora, quando olho em retrospecto, que muitas coisas importantíssimas dessa história aconteceram em domingos. Em todo canto, sinos dobravam, o país inteiro parecia repicar e barulhar; além disso, em algum lugar no cantão de Schwyz, uma procissão estava em curso. Na rua, um carro atrás do outro; no rádio, uma pregação atrás da outra. Mais tarde, disparos, assobios, estouros e explosões nas cabines de tiro de cada vilarejo. Tudo estava em uma agitação monstruosa, absurda, a Suíça oriental inteira parecia em movimento; em algum lugar, havia corridas de carro; além disso, uma porção de automóveis da Suíça ocidental, eram famílias, clãs inteiros vindo; quando finalmente cheguei ao posto de gasolina, que o senhor também já conhece, eu estava exausto com todo aquele 'sétimo dia' barulhento. Olhei ao redor. O posto não tinha aquela aparência de abandono de hoje, era antes agradável, todo limpo e com gerânios nas janelas. Também não havia nenhum bar ali. Tudo trazia um toque de confiança pequeno-burguesa. Também havia, em todos os lugares ao longo da entrada, objetos que indicavam a presença de uma criança, um balanço, uma grande casa de bonecas em um banco, um carro de boneca, um cavalinho de balanço. Matthäi acabara de atender um cliente, que partiu apressado com seu Volkswagen quando desci de meu Opel. Ao lado de Matthäi havia uma garota de sete ou oito anos de idade que levava uma boneca embaixo do braço. Tinha trancinhas loiras e um vestidinho vermelho. A menina parecia-me conhecida, mas eu não sabia por que, pois realmente não se assemelhava a Heller.

— Aquele era o Meier Vermelho — eu disse e apontei para o Volkswagen que se afastava. — Foi solto faz menos de um ano.

— Gasolina? — perguntou Matthäi, indiferente. Ele usava um macacão azul de mecânico.

— Aditivada.

Matthäi encheu o tanque, limpou o vidro.

— Catorze e trinta.

Eu lhe paguei quinze.

— Está certo — eu disse quando ele quis me dar o troco, mas enrubesci de imediato. — Desculpe, Matthäi, me escapou.

— Sem problema — respondeu ele, estendendo o dinheiro —, estou acostumado.

Fiquei envergonhado, encarei de novo a menina.

— Uma belezinha, ela — eu disse.

Matthäi abriu a porta do carro.

— Desejo ao senhor uma boa viagem.

— Ora — murmurei —, queria mesmo falar com o senhor. Que diabos, Matthäi, o que significa tudo isto?

— Eu prometi não mais incomodar o senhor com o caso Gritli Moser, comandante. Permita-me pedir que o senhor também não me incomode — respondeu ele, dando-me as costas.

— Matthäi — retruquei —, vamos parar de criancice.

Ele se calou. Então, começaram os assobios e os estouros. Em algum lugar ali por perto havia uma cabine de tiro.

Eram mais ou menos onze horas. Observei como ele atendeu a um Alfa Romeo.

— Ele cumpriu seus três anos e meio — observei quando o carro se afastou. — Podemos entrar? Estes tiros me deixam nervoso. Não suporto.

Ele me levou para dentro da casa. No corredor, encontramos Heller, que vinha do porão com batatas. Ainda era uma bela mulher, e eu, como policial, fiquei um pouco envergonhado, com remorso. Ela nos olhou com uma expressão questionadora, por um momento inquieta, como pareceu; então, cumprimentou-me de forma amigável, dando uma boa impressão.

— A menina é dela? — perguntei depois que a mulher desapareceu na cozinha.

Matthäi fez que sim com a cabeça.

— Onde você encontrou Heller? — perguntei.

— Aqui perto. Ela trabalhava na olaria.

— E por que ela está aqui?

— Ora — respondeu Matthäi —, eu precisava de alguém para cuidar da casa.

Balancei a cabeça.

— Gostaria de falar com você a sós — eu disse.

— Annemarie, vá para a cozinha — ordenou Matthäi.

A menina saiu.

O cômodo era pobre, mas limpo. Sentamo-nos à mesa ao lado da janela. Lá fora, os tiros eram poderosos. Uma saraivada atrás da outra.

— Matthäi — eu disse, de novo —, o que significa tudo isto?

— Simples, comandante — respondeu meu ex-comissário —, estou pescando.

— O que o senhor quer dizer com isso?

— Trabalho criminalístico, comandante.

Com raiva, acendi um Bahianos.

— Não sou nenhum iniciante, mas realmente não entendi nada.

— O senhor pode me dar um?

— Por favor — eu disse, e empurrei-lhe a caixa.
Matthäi serviu licor de cereja. Estávamos sentados ao sol, a janela entreaberta, lá fora os gerânios, o tempo agradável de junho e os tiros. Quando um carro parava ali, o que raramente acontecia, pois já era quase meio-dia, Heller atendia.

— Locher falou com o senhor de nossa conversa — disse Matthäi, depois de cuidadosamente acender o Bahianos.

— O que não nos levou a lugar nenhum.
— Mas levou a mim.
— Em que sentido? — perguntei.
— O desenho infantil corresponde à verdade.
— Então. O que significam os porcos-espinhos?
— Isso eu ainda não sei — respondeu Matthäi —, mas o que representa o animal com os chifres estranhos eu já decifrei.
— Então?
— É um cabrito-montês — disse Matthäi, tranquilo, puxando a fumaça do charuto, soltando-a dentro do cômodo.
— Por isso o senhor esteve no zoológico?
— Durante dias — respondeu ele. — Pedi também para crianças desenharem cabritos-monteses. O que desenharam era idêntico ao animal de Gritli Moser.

Então, compreendi.

— O cabrito-montês é o animal heráldico dos Grisões — eu disse. — O emblema dessa região.

Matthäi assentiu.

— O emblema nas placas dos carros daqui chamou a atenção de Gritli.

Foi simples a solução.

— Deveríamos ter pensado nisso bem antes — murmurei.

Matthäi observou seu charuto, o aumentar das cinzas, a fumaça subindo, tênue.

— O erro que cometemos — disse ele, calmamente —, o senhor, Henzi e eu, foi supor que o assassino era de Zurique. Na verdade, ele é dos Grisões. Chequei os diversos locais dos crimes, eles todos ficam na rota entre os Grisões e Zurique.

Refleti sobre aquela questão.

— Matthäi, pode haver algo aí — precisei admitir.

— Isso não é tudo.

— Então?

— Encontrei alguns jovens pescadores.

— Jovens pescadores.

— Sim, para ser mais exato, garotos que pescam.

Encarei-o, perplexo.

— Veja — explicou ele —, de acordo com minha descoberta, vim primeiro ao cantão dos Grisões. Logicamente. Logo ficou claro para mim, porém, que minha empreitada era absurda. O cantão dos Grisões é tão grande que torna-se difícil encontrar aqui uma pessoa de quem não se sabe nada além do fato de ser adulto e dirigir em um velho carro americano. São mais de sete mil quilômetros quadrados, mais de cento e trinta mil pessoas espalhadas em incontáveis vales. É uma impossibilidade. Em um dia frio, sentei-me ao lado do rio Inn, em Engadine, sem saber o que fazer, e observei os meninos que ficavam ali, às margens. Estava prestes a ir embora quando percebi que os garotos notaram minha presença. Pareceram assustados e levantaram-se, sem graça. Um deles tinha uma vara de pescar caseira. 'Continuem a pescar', eu disse. Os meninos olharam para mim, desconfiados. 'O senhor é da polícia?', perguntou um ruivo, mais ou menos com doze anos de idade, cheio de sardas. 'Pareço policial?', respondi. 'Ora, sei lá', disse o menino. 'Não sou da polícia', esclareci para eles. Então, observei como jogavam as iscas na água. Eram cinco meninos, todos compenetrados na atividade. 'Não estão mordendo a isca', disse o jovem sardento, depois de um tempo, subindo o barranco até mim. 'O senhor tem um cigarro?', perguntou. 'Ora essa', eu disse, 'nesta idade?'. 'Parece que o senhor teria um para me dar', explicou o menino. 'Nesse caso, eu dou...', respondi e estendi meu maço de Parisiennes. O sardento agradeceu e disse que tinha fogo. Então, soprou fumaça pelo nariz. 'É bom, depois de uma pescaria tão ruim', explicou, ostentando. 'Bem', eu disse, 'seus camaradas parecem ter uma resistência maior que a sua. Eles continuam a pescar e, com certeza, logo vão pegar alguma coisa'. 'Não vão', afirmou o jovem, 'no máximo um timalo'. 'Você queria um lúcio', provoquei. 'Lúcios não me interessam', respondeu o rapaz. 'Trutas, sim. Mas aí é questão de dinheiro.' 'Como assim?', perguntei, surpreso. 'Quando criança, eu pegava trutas com a mão.' Ele balançou a cabeça, com desdém. 'Eram filhotes. Mas tente pegar uma truta adulta com a mão. As trutas são predadoras como os lúcios, só que mais difíceis de pegar. Além disso, precisa ter licença, e ela custa dinheiro', acrescentou o rapaz. 'Ora, vocês estão fazendo isso sem dinheiro', eu disse, rindo. 'Só que a desvantagem', explicou o rapaz, 'é que não vamos aos lugares certos. Lá só fica quem tem a licença'. 'O que você quer dizer com lugar certo...?', perguntei. 'Dá para ver que o senhor não entende de pescaria', comentou o rapaz. 'Admito', respondi. Sentamo-nos no barranco. 'O senhor imagina que simplesmente se joga a isca em qualquer lugar na água?', perguntou ele. Fiquei um pouco surpreso e perguntei o que teria de errado nisso. 'Típico de um iniciante', retrucou o sardento, soltando de novo fumaça pelo nariz. 'Para pescar, é preciso conhecer principalmente duas coisas: o local e a isca.' Eu o ouvi com atenção. 'Vamos imaginar uma coisa', continuou o rapazola. 'O senhor quer pegar uma truta, uma que seja adulta. O senhor precisa antes pensar onde o peixe mais gosta de ficar. Claro, em um lugar onde ele esteja protegido da corrente e, depois, onde haja uma grande corrente, porque ali passam muitos animais, ou seja, por exemplo, na direção da corrente, atrás de uma grande pedra ou, ainda melhor, na direção da corrente, atrás de uma cabeça de ponte. Infelizmente, claro, esses lugares são ocupados pelos pescadores licenciados.' 'A corrente precisa ser interrompida', eu disse. 'O senhor entendeu.' Ele assentiu com a cabeça, orgulhoso. 'E a isca?', perguntei. 'Depende se o senhor quer pescar um peixe predador ou, por exemplo, um timalo ou um donzela, que são vegetarianos', foi sua resposta. 'Um donzela, por exemplo, o senhor pode pegar com cereja. Um predador, uma truta ou uma perca, o senhor precisa pegar com algo vivo. Com um mosquito, uma minhoca ou um peixe pequeno.' 'Com algo vivo', repeti, pensativo, e me levantei. 'Aqui', eu disse e dei ao jovenzinho o maço inteiro de Parisiennes. 'Você mereceu. Agora sei como devo pegar meu peixe. Primeiro, preciso procurar o local; depois, a isca.'

Matthäi silenciou. Eu não disse nada por muito tempo, bebi minha aguardente, olhei pela janela para o belo clima pré-verão ouvindo os tiros e reacendi meu charuto apagado.

— Matthäi — por fim, comecei a falar —, agora também entendo o que o senhor quis dizer antes com pescar. Aqui, neste posto de gasolina, é o lugar mais favorável, e esta estrada é o rio, certo?

Matthäi não mudou de expressão.

— Quem quiser ir dos Grisões a Zurique precisa utilizá-la, não vai desviar pelo passo do Oberalp — respondeu ele, calmamente.

— E a garota é a isca — eu disse, e me assustei.

— Ela se chama Annemarie — respondeu Matthäi.

— E agora também sei com quem ela parece — comentei. — Com a falecida Gritli Moser.

De novo, nos calamos. Lá fora havia ficado mais quente, as montanhas brilhavam em meio à neblina, e as saraivadas continuavam, obviamente um festival de tiro ao alvo.

— O senhor não está cometendo um ato diabólico? — perguntei, por fim, hesitante.

— Talvez — respondeu ele.

Preocupado, questionei:

— Quer esperar aqui até o assassino passar, ver Annemarie e cair na armadilha que o senhor preparou para ele?

— O assassino *precisa* passar por aqui — respondeu.

Pensei na resposta por um momento.

— Ótimo — eu disse —, suponhamos que o senhor tenha razão. Esse assassino existe. Esse fato não está mesmo descartado, pois em nossa profissão tudo é possível. No entanto, o senhor não acha que seu método é ousado demais?

— Não há outro método — explicou e jogou a ponta do cigarro pela janela. — Eu não sei nada do assassino. Não posso procurá-lo. Ou seja, preciso procurar sua próxima vítima, uma garota, e usar a criança como isca.

— Ótimo — eu disse —, mas o senhor assumiu o método da pescaria. Porém, um não corresponde totalmente ao outro. O senhor não pode manter para sempre uma garota como isca ao longo de uma estrada, ela precisa ir à escola, não vai querer ficar na maldita via.

— Logo começam as férias de verão — respondeu Matthäi, obstinado.

Balancei a cabeça.

— Acho que o senhor está obcecado com essa ideia — retruquei. — Não pode ficar aqui até algo acontecer, pois talvez nunca aconteça. Claro, é bem possível que o assassino passe por aqui, mas isso não significa que ele vá morder sua isca, para continuarmos com a metáfora. E então o senhor vai esperar, esperar...

— Na pesca, também é preciso esperar — comentou Matthäi, teimoso.

Espiei pela janela e vi como a mulher atendia Oberholzer. Seis anos preso em Regensdorf.

— Heller sabe por que o senhor está aqui, Matthäi?

— Não — respondeu ele. — Expliquei para a mulher apenas que eu precisava de alguém para cuidar da casa.

Fiquei bastante desconfortável. O homem insistia comigo que seu método atípico tinha algo de grandioso. De repente, eu o admirei, desejei-lhe sucesso, embora talvez apenas pela humilhação do horrendo Henzi; ainda assim, eu considerava sua empresa inútil, o risco grande demais, as possibilidades de ganho pequenas demais.

— Matthäi — eu disse, tentando fazer com que ele voltasse à razão —, ainda é tempo de o senhor aceitar o cargo na Jordânia; do contrário, o pessoal de Berna vai enviar Schafroth.

— Ele deve ir.

Eu não havia desistido ainda.

— O senhor não tem vontade de voltar a trabalhar conosco?

— Não.

— Deixaríamos o senhor com serviços internos, com suas antigas condições.

— Não quero.

— O senhor pode ir para a polícia municipal. Pode pensar nisso apenas do ponto de vista financeiro.

— Ganho como dono de posto de gasolina quase mais que no serviço federal — respondeu Matthäi. — Lá vem um cliente, e a senhora Heller está ocupada agora com suas bistecas assadas.

Ele se levantou e saiu. Em seguida, teve que atender outro cliente. Leo, o bonitão. Quando terminou o trabalho, eu já estava sentado em meu carro.

— Matthäi — eu disse, despedindo-me —, o senhor não tem jeito mesmo.

— Assim são as coisas — respondeu ele, dando-me o sinal de que a estrada estava livre.

Ao lado dele estava a menina de vestidinho vermelho, e à porta parou Heller, de avental, novamente cheia de desconfiança, como vi em seu olhar. Assim, voltei para casa."

25

"Assim ele esperava. De forma implacável, teimosa, apaixonada. Atendia os clientes, fazia seu trabalho, abastecia tanques com gasolina, trocava óleo, completava a água, limpava para-brisas, sempre com os mesmos movimentos mecânicos. A criança ficava ao lado ou na casa de bonecas quando voltava da escola, correndo, pulando, de olhos arregalados, falando consigo mesma ou sentada no balanço cantando com as tranças esvoaçantes e o vestidinho vermelho. Ele esperava, esperava. Os carros passavam por ele, automóveis de todas as cores e todos modelos, carros velhos, carros novos. Ele esperava. Anotava a placa dos veículos do cantão dos Grisões, procurava os donos nos registros, por telefone pedia informações aos cartórios dos distritos. Heller trabalhava na pequena fábrica do vilarejo, que ficava na frente das montanhas, e voltava apenas à noite pela pequena colina por trás da casa, com a bolsa de compras e um saquinho cheio de pães; à noite, às vezes, ela ouvia passos ao redor da casa, assobios baixos, mas não abria. Veio o verão, quente, infinito, vaporoso, opressivo, com suas precipitações violentas, e assim passaram as férias. A chance de Matthäi chegara. Annemarie ficava agora o tempo todo com ele e, assim, à beira da estrada, visível a todos que passavam. Ele esperava, esperava. Ele brincava com a menina, contava-lhe histórias da carochinha, todas dos irmãos Grimm, todas do Andersen, *As mil e uma noites*, inventava algumas, fazia tudo em desespero para manter a menina perto de si, perto da estrada, onde ele precisava que ela ficasse. Ela ficava, satisfeita com as histórias e os contos maravilhosos. Os motoristas observavam o par com surpresa ou tocados pelo idílio de pai e filha, davam chocolates à menina, conversavam com ela, enquanto Matthäi espreitava. Seria este homem grande e pesado o assassino? Seu carro vinha dos Grisões. Ou aquele alto, magro, que falava apenas com a garota? Dono de uma confeitaria em Disentis, como ele muito tempo antes havia descoberto.

— O óleo está em ordem? Por favor. Vou botar mais um litro. Vinte e três e dez. Boa viagem ao senhor.

Ele esperava, esperava. Annemarie o amava, estava satisfeita com ele; e ele tinha apenas um objetivo em mente, descobrir o assassino. Para ele, não havia nada além dessa fé no aparecimento do homem, nada além dessa esperança, apenas essa ânsia, apenas essa realização. Ele imaginava como o camarada seria: violento, desajeitado, infantil, cheio de confiança e desejo de matar, como ele apareceria no posto de gasolina, rindo de um jeito amigável e vestido com aprumo, um ferroviário, por exemplo, ou um oficial de fronteira aposentado; como a criança se deixaria atrair, aos poucos, como ele seguiria os dois para a floresta atrás do posto de gasolina, às escondidas, em silêncio, como ele, no momento decisivo, se apressaria e como aconteceria a luta sangrenta de homem para homem, para a decisão, para a redenção, e como o assassino, então, cairia diante dele, destroçado, choroso, confesso. Então ele teve que dizer a si mesmo que tudo aquilo seria impossível, pois ele vigiava a menina de forma ostensiva demais; que ele precisava dar mais liberdade à criança se quisesse chegar a algum resultado. Então, permitiu que Annemarie caminhasse pela estrada, mas a seguia em segredo, deixando sozinho o posto de gasolina, onde os carros buzinavam furiosos. A garota saltitava até o vilarejo, um caminho de meia hora, brincava com as crianças nas casas dos sítios ou à beira da floresta, mas sempre voltava logo. Estava acostumada com a solidão e era tímida. As outras crianças também a evitavam. Então, ele mudou de tática de novo, inventou novos jogos, novas histórias, trouxe Annemarie de volta para perto de si. Ele esperava, esperava. Imperturbável, indesviável. Sem dar explicações. Pois Heller já havia notado muito tempo antes a atenção que ele dispensava à criança. Nunca acreditara que Matthäi a tinha contratado para cuidar de sua casa por pura bondade. Sentia que ele tinha alguma intenção, mas que ela ficava protegida com ele, talvez pela primeira vez na vida, e assim nem pensou mais naquilo; talvez também tivesse esperanças, quem sabe o que poderia acontecer no íntimo de uma pobre mulher; de qualquer forma, com o tempo, ela atribuiu o interesse que Matthäi mostrava por sua filha a uma afeição genuína, mesmo que às vezes sua antiga desconfiança e seu antigo senso da realidade voltassem à baila.

— Senhor Matthäi — disse ela, certa vez —, não é de minha conta, mas o comandante da polícia do cantão vem até aqui por minha causa?

— Não, não — respondeu Matthäi —, por que deveria?

— O povo do vilarejo está falando da gente.

— Mas isso não importa.

— Senhor Matthäi — recomeçou a falar —, sua vinda para cá tem algo a ver com Annemarie?

— Que bobagem. — Ele riu. — Eu simplesmente amo essa criança, só isso, senhora Heller.

— O senhor é bom para mim e para Annemarie — respondeu ela. — Só queria saber por quê.

Então, as férias de verão terminaram; o outono chegou, a paisagem ficando inequívoca, vermelha e amarela, como sob uma lente gigantesca. Para Matthäi, foi como se uma grande oportunidade tivesse sido perdida; ainda assim, ele esperava, esperava. Tenaz e obstinado. A criança ia a pé para a escola, ele a encontrava ao meio-dia e à noite, levando-a para casa em seu carro. Seu plano ficava cada vez mais sem sentido, mais impossível, a oportunidade de ganho cada vez menor, ele sabia muito bem; como sempre, o assassino devia ter passado pelo posto de gasolina, refletia ele, talvez diariamente, com certeza semanalmente, e nada ainda havia acontecido, ele tateava no escuro, nenhum ponto de partida se mostrava, tampouco o vestígio de uma suspeita, apenas motoristas que iam e vinham, às vezes papeando com a garota, inofensivos, aleatórios, impenetráveis. Qual deles era o procurado? Algum entre eles seria mesmo o culpado? Talvez ele apenas não tivesse sucesso porque era conhecido por muitos em virtude de seu antigo emprego; não podia evitar e também não podia contar com isso. Ainda assim, continuava esperando, esperando. Não podia mais recuar; a espera era o único método, mesmo quando o exauria, mesmo quando às vezes ele ficava a ponto de fazer as malas, partir, como se fugisse por minha causa para a Jordânia; mesmo quando às vezes temia perder a razão. Então, houve horas, dias, em que ele ficava indiferente, apático, ressentido, deixava as coisas correrem, sentava-se no banco do posto de gasolina, bebendo uma aguardente atrás da outra, olhando para o nada, as pontas de cigarro no chão. Em seguida, ele se recompunha, mas voltava sempre e cada vez mais àquele estado resignado, sonhando acordado por dias, semanas, naquela espera cruel e absurda. Perdido, torturado, desesperançado e, ainda assim cheio de esperança. Porém, certa vez, enquanto estava lá sentado, com a barba por fazer, exausto, coberto de óleo, ele despertou, assustado. De repente tomou ciência de que Annemarie ainda não havia voltado da escola e se pôs a caminho, a pé. A rua poeirenta e sem asfalto subia levemente a montanha por trás da casa, em seguida descia, levava por uma planície ressequida, atravessava a floresta de cujas margens era possível ver o povoado de longe, velhas casas encolhidas ao redor de uma igreja, a fumaça azul sobre as chaminés. Ali também era possível avistar o caminho que Annemarie devia tomar, mas não havia sinal dela. Matthäi voltou-se de novo para a floresta, de repente tenso, alerta; pinheiros baixos, arbustos, folhas vermelhas e marrons estalando no chão, a batida do pica-pau em algum lugar ao fundo, onde os pinheiros maiores se erguiam rumo ao céu, entre eles o sol atravessava em raios inclinados. Matthäi saiu do caminho, enfiando-se entre espinhos, arbustos; os galhos batiam em seu rosto. Chegou a uma clareira, olhou ao redor, surpreso, pois nunca havia notado aquele lugar. Do outro lado da floresta, desembocava um grande caminho, que servia para o lixo ser retirado do vilarejo, pois uma montanha de cinzas se erguia na clareira. Nos flancos, latas de conserva, fios enferrujados e outras coisas, uma porção de lixo que descia até chegar a um riacho que murmurava no meio da clareira. Apenas então, Matthäi avistou a garota. Estava sentada à beira do córrego prateado, a boneca ao lado e também a mochila.

— Annemarie! — gritou Matthäi.

— Já vou — respondeu a menina, mas continuou sentada.

Matthäi escalou com cuidado a montanha de lixo e, por fim, parou ao lado da criança.

— O que está fazendo aqui? — perguntou ele.

— Estou esperando.

— Quem?
— O feiticeiro.
A garota não tinha nada além de contos maravilhosos na cabeça; ora esperava uma fada, ora um feiticeiro, como uma zombaria de sua própria espera. O desespero o tomou de assalto de novo, a visão da inutilidade de seus atos e da consciência paralisante de que ele precisava esperar mesmo assim, porque não podia mais fazer nada além de esperar, esperar e esperar.
— Venha — disse ele, com indiferença.
Tomando a criança pela mão e voltando com ela pela floresta, sentou-se de novo no banco, olhando para o nada; surgiu o crepúsculo, a noite; tudo lhe dava no mesmo, ele ficava lá sentado, fumava, esperava e esperava, mecânica, teimosa, implacavelmente, apenas às vezes sussurrava, implorando sem saber: 'Venha, venha, venha, venha'; imóvel sob o luar branco, de repente adormecia, acordava rígido, quase congelado, na aurora, arrastando-se para a cama.
Na manhã seguinte, porém, Annemarie voltou um pouco mais cedo da escola, como de costume. Matthäi levantou-se de seu banco para buscar a garota quando ela chegou com a mochila nas costas, cantando baixinho e saltitando de uma perna para a outra. A boneca pendia da mão, os pezinhos do brinquedo batiam no chão.
— Dever de casa? — perguntou Matthäi.
Annemarie fez que não com a cabeça, continuou a cantar 'Maria sentada na pedra' e entrou em casa. Ele a deixou ir, estava desesperado demais, confuso demais, exausto demais para lhe contar uma nova história, para atraí-la com novos jogos.
E quando Heller voltou, ela perguntou:
— Annamarie ficou boazinha?

— Ela estava na escola — respondeu Matthäi.
Heller olhou para ele, surpresa:
— Na escola? Annemarie não tinha escola, era reunião dos professores ou algo assim.
Matthäi ficou atento. A decepção das últimas semanas de repente desapareceu. Ele sentiu que sua esperança estava para se realizar, sua espera maluca estava quase no fim. Foi difícil se controlar. Ele não fez mais nenhuma pergunta a Heller. Também não continuou a sondar a menina. No entanto, na tarde seguinte, foi até o vilarejo e deixou o carro em uma rua lateral. Queria observar a menina em segredo.
Ela passou por volta das quatro. Das janelas, vinham cantos, depois gritos, os alunos passavam, corriam para lá e para cá, lutas entre meninos, pedras voando, garotas de braços dados, mas Annemarie não estava entre eles. A professora passou, reservada, olhando Matthäi de um jeito sério. Ele ouviu que Annemarie não tinha ido à escola, foi questionado se ela estaria doente, pois na tarde anterior também não tinha ido à escola, tampouco havia levado justificativa. Matthäi respondeu que a criança estava mesmo doente, despediu-se e voltou à floresta dirigindo como um louco. Ele irrompeu na clareira e nada encontrou. Exausto, respirando com dificuldade, arranhado e sangrando pelos espinhos, voltou ao carro e seguiu para o posto de gasolina, mas, antes de chegar, viu a menina sozinha à beira da estrada, saltitando. Ele parou.
— Suba, Annemarie — disse ele, amigável, depois de abrir a porta.
Matthäi estendeu a mão para a garota, e ela entrou no carro. Ele hesitou. A mãozinha da garota estava grudenta. E, quando ele olhou a própria mão, estava com traços de chocolate.

— De quem você ganhou chocolate? — perguntou ele.
— De uma menina — respondeu Annemarie.
— Na escola?
Annemarie assentiu com a cabeça. Matthäi não disse nada. Ele seguiu com o carro até a casa. Annemarie desceu do carro e sentou-se no banco ao lado do posto de gasolina. Matthäi observou-a discretamente. A criança enfiou algo na boca e mastigou. Devagar, ele se aproximou dela.
— Mostre — disse ele, abrindo com cuidado a mãozinha levemente cerrada da garota. Lá estava uma bolota de chocolate com granulado, mordida. Uma trufa.
— Tem mais? — perguntou Matthäi.
A garota fez que não com a cabeça.
O comissário enfiou a mão no bolso de Annemarie, puxou o lenço e abriu; havia outras duas trufas ali dentro.
A garota ficou em silêncio.
O comissário também não disse palavra. Uma felicidade imensa tomou conta dele. Ele se sentou ao lado da menina no banco.
— Annemarie — perguntou, por fim, e sua voz tremia enquanto ele segurava as duas bolas de chocolate com granulado cuidadosamente na mão. — O feiticeiro lhe deu estas trufas?
A garota ficou em silêncio.
— Ele a proibiu de contar? — perguntou Matthäi.
Sem resposta.
— Você nem deve contar — disse Matthäi, amigável. — Ele é um feiticeiro querido. Vá vê-lo amanhã de novo.
De repente, a garota ficou radiante, com uma alegria gigantesca, abraçou Matthäi, ardendo de felicidade, e correu para o quarto."

26

"Na manhã seguinte, às oito, eu acabara de chegar ao gabinete, quando Matthäi pôs sobre a escrivaninha as trufas; quase não me cumprimentou de tanta empolgação. Estava com seu terno antigo, mas sem gravata, além de não estar barbeado. Pegou um charuto da caixa que eu lhe oferecera e baforava.

— O que têm estes chocolates? — perguntei, confuso.

— Os porcos-espinhos — respondeu Matthäi.

Olhei para ele surpreso, virei as pequenas bolotas de chocolate para lá e para cá.

— Como assim?

— Muito simples — explicou ele —, o assassino deu a Gritli Moser trufas, e ela as fazia de porcos-espinhos. O desenho infantil foi desvendado.

Eu ri.

— Como o senhor vai provar?

— Ora, o mesmo aconteceu com Annemarie — respondeu Matthäi, narrando seu relato.

Naquele momento, eu me convenci. Mandei buscar Henzi, Feller e mais quatro policiais, dei minhas instruções e avisei o promotor. Então, partimos. O posto de gasolina estava abandonado. A senhora Heller havia levado a criança para a escola e depois partido para a fábrica.

— Heller sabe o que aconteceu? — perguntei.

Matthäi fez que não com a cabeça.

— Ela não tem ideia.

Fomos para a clareira. Vasculhamos com cuidado, mas não encontramos nada. Em seguida, nos separamos. Era por volta de meio-dia; Matthäi voltou ao posto de gasolina para não levantar nenhuma suspeita. O dia estava propício. Quinta-feira, a menina não tinha aula à tarde; ocorreu-me que Gritli Moser também tinha sido assassinada em uma quinta-feira. Era um dia claro de outono, quente, seco, em todos os cantos o zumbido de abelhas, vespas e outros insetos, o piado dos pássaros, bem ao longe ecos de batidas de um machado. Às duas horas, os sinos dos vilarejos eram bem audíveis, a garota apareceu, passou pelos arbustos à frente, sem dificuldade, saltando, pulando, correu até o riacho com sua boneca, sentou-se, olhando o tempo todo para a floresta, atenta, tensa, com olhos brilhantes, parecia esperar por alguém, não podia nos ver. Havíamos nos escondido atrás de árvores e arbustos. Então, Matthäi voltou com cuidado, recostou-se, assim como eu fizera, a um tronco de árvore perto de mim.

— Acho que ele virá em meia hora — sussurrou ele.

Fiz que sim com a cabeça.

Foi tudo organizado minuciosamente. O acesso da estrada principal à floresta estava sendo vigiado, tínhamos até um radiocomunicador. Estávamos todos armados com revólveres. A menina ficou sentada à beira do riacho, quase imóvel, cheia de uma expectativa surpreendente, assustadiça, maravilhada, o monte de lixo às costas, ora ao sol, ora à sombra de um grande pinheiro escuro; não se ouvia nenhum ruído além do zumbir dos insetos e do trinar dos pássaros; às vezes, a garota cantava com sua voz fina 'Maria sentada na pedra', sempre as mesmas palavras e os mesmos versos; e, ao redor da pedra em que ela estava sentada, juntavam-se latas de conserva, recipientes e fios; às vezes, apenas em lufadas repentinas, o vento varria a clareira, as folhas erguiam-se em uma dança, farfalhavam, e depois tudo caía de novo no silêncio. Esperamos. Para nós, não havia mais nada no mundo além daquela floresta encantada pelo outono com a garotinha de vestido vermelho na clareira. Esperamos pelo assassino, decididos, sedentos por justiça, desforra, punição. A meia hora já havia passado; na verdade, já eram duas. Esperamos, esperamos, esperávamos agora como Matthäi havia esperado durante semanas, meses. Às cinco da tarde, as primeiras sombras, então o ocaso, descolorindo, deixando opacas as cores iluminadas. A garota foi embora. Nenhum de nós disse palavra, nem mesmo Henzi.

— Voltaremos amanhã — determinei —, vamos passar a noite em Chur. No Steinbock.

E assim esperamos também na sexta-feira e no sábado. Na verdade, eu deveria ter levado a polícia do cantão dos Grisões. Mas aquele assunto era nosso. Não queria dar nenhuma explicação, não queria nenhuma intromissão. O promotor ligou já na quinta-feira à noite, pediu, protestou, ameaçou, chamou tudo de loucura, ficou furioso, exigiu nosso retorno. Fiquei firme, informei que ficaríamos e permiti que apenas um policial voltasse. Esperamos, esperamos. Na verdade, agora não se tratava mais da criança nem do assassino, tratava-se de Matthäi, o homem precisava provar que estava certo, precisava chegar a seu objetivo, do contrário aconteceria uma tragédia; todos sentíamos isso, até mesmo Henzi, que se disse convencido, declarando na sexta-feira à noite que o assassino desconhecido viria no sábado, já tínhamos a prova irrefutável, os porcos-espinhos, além disso a criança voltaria também, sentaria-se imóvel no mesmo lugar, logo se via que aguardava alguém. Assim, ficamos em nosso esconderijo atrás de árvores, arbustos, imóveis, durante horas, encarávamos a criança, as latas de conserva, o emaranhado de fios, a montanha de cinzas, fumávamos em silêncio, sem conversarmos uns com os outros, sem nos movermos, ouvíamos sempre a canção 'Maria sentada na pedra'. No domingo, a situação ficou mais complicada. A floresta de repente ficou cheia de gente por conta do clima bom e firme; em algum lugar, um coral misto com seu maestro chegou à clareira, barulhento, suarento, em mangas de camisa, puseram-se em forma. Irromperam em cantorias: 'O prazer do moleiro é caminhar, caminhar'. Por sorte, não estávamos de uniforme atrás de nossos arbustos e árvores. 'Glória a Deus nas alturas...', mas para nós tudo ficava cada vez mais demorado e difícil; mais tarde, veio um casal que se comportou de forma desavergonhada, apesar da presença da criança, que ficou lá, sentada, com paciência incrível, em expectativa incompreensível, pois já eram quatro da tarde. Esperamos, esperamos. Três policiais também voltaram com o radiocomunicador, éramos apenas os quatro — além de Matthäi e eu, ficaram ainda Henzi e Feller —, mesmo que não fosse mais uma situação responsável, mas, visto com mais precisão, ficamos apenas três tardes observando, nas quais esperamos, pois no domingo o terreno ficou incerto para o assassino; nisso Henzi tinha razão, e por isso esperamos também na segunda-feira. Na terça-feira pela manhã, Henzi também voltou a Zurique. Afinal, alguém precisava cuidar das coisas na Kasernenstrasse. No entanto, mesmo com seu retorno, ele estava convencido de nosso pronto sucesso. Esperamos, esperamos e esperamos, espreitamos e espreitamos, cada qual agora independente do outro, pois já éramos poucos para sermos uma organização de verdade. Feller posicionou-se perto da estrada da floresta, atrás de um arbusto, onde ficava à sombra, dormitando no calor estival do outono, e uma vez roncou tão alto que o vento levou seu ronco pela clareira. Isso foi na quarta--feira. Matthäi, ao contrário, permanecia em pé ao lado da clareira, que ficava de frente para o posto de gasolina, e eu observava o outeiro do outro lado, de frente para ele. Assim espreitamos e espreitamos, esperamos o assassino, o gigante dos porcos-espinhos, tínhamos sobressaltos a cada carro que passava e que ouvíamos na estrada principal, a criança entre nós, que toda a tarde se sentava ao lado do riacho, cantando: 'Maria sentada na pedra', teimosa, pensativa, incompreensível; começamos a detestá--la, odiá-la. Às vezes, claro, ela não se demorava muito, passava perto do vilarejo com sua boneca, mas não tão perto, pois estava matando aula na escola, o que também não transcorreu sem dificuldades, e eu mesmo precisei conversar com a professora em particular para evitar que a escola se intrometesse. Com cuidado, apresentei o caso a ela, identifiquei-me, recebi um consentimento hesitante. Então, a menina circundava a floresta, nós a seguíamos com binóculos, mas ela sempre voltava para a clareira na floresta — menos na quinta-feira, quando permanecia perto do posto de gasolina, para nosso desespero. Assim precisamos, querendo ou não, esperar a sexta-feira. Nesse momento, eu me decidi; Matthäi já estava mudo havia muito tempo, em pé atrás de sua árvore, quando a criança veio saltitante de novo em mais um dia, com seu vestido vermelho e sua boneca, sentando ali como nos dias anteriores. O clima outonal excelente se mantinha, ainda firme, colorido, quase estourando de energia antes do inverno, mas o promotor não esperaria nem mais meia hora. Chegou por volta das cinco da tarde na viatura, com Henzi, apareceu de forma inesperada, simplesmente brotou, aproximou-se de mim, que estava em pé desde a uma da tarde, sempre trocando o peso de um pé para o outro, encarando a criança de cima, vermelho de raiva, 'Maria sentada na pedra', vinha a voz baixinha até nós, não conseguia mais ouvir aquela canção nem mais olhar para aquela garota, sua boca horrível com as janelinhas entre os dentes, as tranças finas, o vestidinho vermelho de mau gosto; a garota parecia-me nojenta, malvada, ordinária, estúpida, eu poderia enforcá-la, matá-la, despedaçá-la, tudo apenas para não mais ouvir a desgraça da 'Maria sentada na pedra'. Era de enlouquecer. Tudo estava lá, como sempre estivera, estúpido, sem sentido, sem esperança, exceto pelas folhas que se empilhavam cada vez mais, as lufadas de vento talvez tivessem aumentado, e o sol incidia ainda mais dourado sobre a montanha idiota de lixo; não dava mais para aguentar, então o promotor chegou pisando duro de uma vez, e foi como uma libertação, irrompeu pelos arbustos, caminhou diretamente até a criança, sem se importar com os pés afundando nas cinzas, e quando o vimos marchar até a criança, também saímos de nosso esconderijo. Aquilo precisava ter um fim.

— Quem você está esperando? — perguntou, aos berros, o promotor para a menina, que o encarou assustada em sua pedra, agarrando a boneca. — Quem você está esperando? Responda, desgraçada!

Nesse momento, todos havíamos chegado à garota, cercando-a, e ela nos encarou cheia de pavor, cheia de terror, cheia de incompreensão.

— Annemarie — eu disse, e minha voz vacilava de fúria —, você ganhou chocolates uma semana atrás.

Você se lembra muito bem, chocolates como pequenos porcos-espinhos. Um homem vestido de preto lhe deu esses chocolates?

A garota não respondeu, apenas me encarou com olhos rasos d'água.

Agora, Matthäi se ajoelhou, pegando os ombrinhos da menina.

— Olha, Annemarie — ele lhe explicou —, você precisa nos dizer quem lhe deu os chocolates. Você precisa dizer exatamente como é esse homem. Certa vez, conheci uma menina — continuou ele, cheio de urgência, pois agora era tudo ou nada —, uma menina, também de vestidinho vermelho, como você, que ganhou chocolates de um homem grande em roupas pretas. Os mesmos chocolates com pontinhas, como os que você comeu. Então, a garota foi com o homem grande para a floresta, e daí o homem grande matou a garotinha com uma faca.

Ele se calou. A garota não respondeu mais nada, encarando-o em silêncio, os olhos bem arregalados.

— Annemarie — berrou Matthäi —, você precisa me contar a verdade! Eu só quero evitar que algo de ruim aconteça com você.

— Você está mentindo — respondeu, baixinho, a menina. — Você está mentindo.

Então, o promotor perdeu a paciência pela segunda vez.

— Sua idiotinha — gritou ele, agarrando a criança pelo braço, sacudindo-a —, vai dizer agora o que sabe!

E nós gritamos junto com ele, sem lógica nenhuma, simplesmente porque perdemos o controle dos nervos, também sacudimos a menina, começamos a bater nela, espancar o corpinho, que ficou caído entre as latas de conserva nas cinzas e as folhas apodrecidas, com força, crueldade, fúria, gritos.

A menina recebeu muda a coça, por uma eternidade, embora certamente tudo tenha durado apenas poucos segundos, mas gritou uma vez com uma voz tão sinistra e inumana que ficamos paralisados.

— Você mente, você mente, você mente!

Horrorizados, deixamos que ela fosse embora, seus gritos trouxeram-nos de volta à razão e encheram-nos de pavor e vergonha por nossa atitude.

— Somos animais, somos animais — eu disse, arfando.

A menina correu pela clareira na direção das margens da floresta.

— Você mente, você mente, você mente! — gritou ela, de novo e de um jeito tão horrível que pensamos que havia enlouquecido.

Ela correu diretamente para os braços de Heller, que desgraçadamente apareceu na clareira. Era o que nos faltava. Ela havia sido informada de tudo, a professora tinha mesmo aberto o bico, pois a mulher passara na escola; eu soube disso sem precisar perguntar. E agora aquela mulher infeliz estava lá com sua filha, que se apertava, soluçando, contra seu colo, e encarava-nos com o mesmo olhar que a filha havia nos dado antes. Claro que todos nós a conhecíamos, Feller, Henzi e, infelizmente, também o promotor; a situação era vergonhosa e grotesca, todos estávamos envergonhados e nos sentíamos ridículos; tudo não passava de uma comédia catastrófica, miserável.

— Mente, mente, mente — gritava a menina, ainda fora de si —, mente, mente, mente!

Então, Matthäi foi até as duas, resignado, inseguro.

— Senhora Heller — disse ele, amigável, até suplicante, o que não tinha sentido, porque agora só havia uma saída, encerrar a questão inteira, encerrar, terminar para sempre, arquivar o caso, finalmente se livrar de todas as combinações, existisse ou não o assassino. — Senhora Heller, eu verifiquei que Annemarie recebeu chocolate de uma pessoa desconhecida. Tenho a desconfiança de que pode se tratar da mesma pessoa que atraiu uma garota há algumas semanas com chocolate até uma floresta e a matou.

Ele falava de um jeito preciso e em um tom tão cartorial que quase gargalhei alto. A mulher encarou o rosto do homem tranquilamente. Em seguida, falou também de modo formal e educado, como Matthäi:

— Doutor Matthäi — perguntou, baixinho —, o senhor trouxe Annemarie e a mim até seu posto de gasolina apenas para encontrar essa pessoa?

— Não havia outra maneira, senhora Heller — respondeu o comissário.

— O senhor é um porco — respondeu a mulher, com calma, sem alterar o semblante. Então, pegou a criança e entrou na floresta, em direção ao posto de gasolina."

27

"Ficamos lá, na clareira, já meio à sombra, cercados pelas velhas latas de conserva e pelo emaranhado de fios, os pés nas cinzas e nas folhas. Tudo havia acabado, a empresa inteira transformara-se em algo absurdo, ridículo. Um desastre, uma catástrofe. Apenas Matthäi recompôs-se. Ele já estava empertigado e digno em seu macacão de mecânico. Fez uma pequena reverência — eu não acreditei em meus olhos e ouvidos — diante do promotor e disse:

— Doutor Burkhard, agora só precisamos continuar com a espera. Não há mais o que fazer. Esperar, esperar e ainda esperar. Se o senhor pudesse colocar à disposição mais seis homens e o radiocomunicador, seria suficiente.

O promotor encarou, horrorizado, meu ex-subordinado. Ele esperava tudo, menos isso. Estava mesmo decidido a nos passar um sabão: engoliu em seco algumas vezes, passou a mão na testa, virou-se de uma vez, saiu pisando duro com Henzi pelas folhas na direção da floresta e desapareceu. Após meu sinal, Feller também se foi.

Matthäi e eu ficamos sozinhos.

— Agora o senhor vai me ouvir — gritei, decidido a trazer o homem à razão, furioso por eu mesmo ter apoiado e possibilitado aquele disparate. — A ação fracassou, precisamos admitir, já esperamos mais de uma semana, e ninguém apareceu.

Matthäi não comentou nada. Ele apenas olhou ao redor, cuidadoso, espreitando. Então, foi até à margem da floresta, circundou a clareira, voltou. Eu fiquei parado na montanha de lixo, com as cinzas até o tornozelo.

— A criança esperou por ele — comentou Matthäi.

Balancei a cabeça e contestei.

— A criança veio aqui ficar sozinha, sentar-se à beira do riacho, sonhar com sua boneca e cantar 'Maria sentada na pedra'. O fato de que estava esperando alguém é uma interpretação que nós assumimos como certa.
Matthäi ouviu-me com atenção.
— Annemarie recebeu os porcos-espinhos — disse ele, teimoso, ainda convencido.
— Annemarie ganhou chocolates de alguém — concordei —, isso está certo. Quem não dá chocolates a uma criança?! Mas o fato de as trufas serem os porcos-espinhos no desenho da menina também é apenas suposição sua, Matthäi, e nada prova que ela seja verdadeira.
Novamente, Matthäi não disse nada. Ele foi de novo até a margem da floresta, circundou outra vez a clareira, procurou alguma coisa em um lugar em que as folhas haviam se acumulado, desistiu em seguida, voltou até mim.
— É uma cena de assassinato — disse ele —, dá para sentir, eu vou continuar esperando.
— Isso é loucura — comentei, de repente horrorizado, enojado, trêmulo, exausto.
— Ele vai voltar aqui — disse Matthäi.
Gritei com ele, fora de mim:
— Bobagem, loucura, idiotice!
Ele pareceu não me ouvir.
— Vamos voltar ao posto de gasolina — disse ele.
Fiquei contente em deixar finalmente aquele lugar maldito e infeliz. O sol já estava se pondo, as sombras eram gigantes, o amplo vale brilhava dourado e forte, o céu sobre ele de um azul puro; mas, para mim, tudo era odioso, parecia que eu havia sido banido para um imensurável cartão-postal de mau gosto. Em seguida, a Kantonsstrasse apareceu, os automóveis passando, carros

abertos com pessoas em roupas coloridas, riqueza que vem flutuando e passa apressada. Era absurdo. Chegamos ao posto de gasolina. Ao lado das bombas, Feller esperava em meu carro, já meio adormecido. Annemarie estava no balanço, cantando em uma voz fina, ainda que chorosa, 'Maria sentada na pedra', e no batente da porta estava recostado um rapaz, provavelmente um trabalhador da olaria, com camisa aberta e peito peludo, um cigarro na boca, sorrindo. Matthäi não prestou atenção nele. Entrou no pequeno cômodo, foi até a mesa, onde já havíamos comido; corri atrás dele. Ele pegou uma aguardente, serviu-se mais de uma vez. Eu não podia beber nada de tão nauseado que estava por tudo aquilo. Não se via Heller em lugar nenhum.

— Vai ser difícil fazer o que preciso fazer — comentou ele —, mas a clareira não é longe. Ou o senhor acha que é melhor eu esperar aqui, no posto de gasolina?

Não respondi nada. Matthäi andou de um lado para o outro, bebeu, sem se preocupar com o meu silêncio.

— Só é ruim que Heller e Annemarie agora saibam — disse ele —, mas isso vai se ajeitar.

Lá fora, o barulho da estrada, a criança cantando 'Maria sentada na pedra'.

— Estou indo, Matthäi — eu disse.

Ele continuou a beber sem sequer olhar para mim.

— Esperarei um pouco aqui, um pouco na clareira — decidiu ele.

— Passar bem — eu disse e saí do cômodo para o ar livre, passei pelo rapaz, pela garota, acenei para Feller, que acordou num sobressalto, passou por mim e me abriu a porta do carro.

— Para a Kasernenstrasse — ordenei."

28

"Essa é a história, ao menos a parte em que meu pobre Matthäi aparece nela", continuou o relato o ex-comandante da polícia do cantão. (Aqui é o local certo para explicar, por um lado, que o velho e eu obviamente já havíamos terminado nossa viagem de Chur a Zurique e agora estávamos no Kronenhalle, elogiado e tantas vezes mencionado no relato, obviamente servidos por Emma e embaixo do quadro de Gubler — que havia substituído o Miró —, como correspondia ao costume do velho homem; além disso, já havíamos comido "do carrinho" *bollito milanese*; também essa era uma de suas conhecidas tradições, por que não acompanhar — sim, já eram quase quatro da tarde, e depois do "Café Partagas", como o comandante chamava sua paixão por fumar um Havanna com um *espresso*, ele me ofereceu, além de um Réserve du Patron, uma segunda fatia de torta charlotte. Por outro lado, é preciso acrescentar, do ponto de vista puramente técnico, por amor à sinceridade de escritor e ao *métier*, que naturalmente nem sempre reproduzi a história do verborrágico senhor como ela me foi contada nem estou pensando no fato de que, claro, falávamos alemão suíço, mas me refiro àquelas partes de sua história em que ele não contava de seu ponto de vista, a partir de sua experiência, mas quase de forma objetiva, como o ato em si, como se estivesse na cena em que Matthäi faz a sua promessa. Nesses momentos, foram necessárias intervenções, modelagens e remodelagens, quando também fiz o maior esforço para não falsificar nada, mas retrabalhar de acordo com determinadas leis da escrita o material que o velho me entregou, para lhe dar forma de publicação.)

"Obviamente", continuou ele, "voltei ainda algumas vezes a visitar Matthäi, cada vez mais convencido de que ele, com sua suspeita de que o caixeiro-viajante seria inocente, havia se enganado, porque nos meses, nos anos seguintes, nenhum novo assassinato aconteceu. Agora, eu não preciso ser mais detalhista; o homem ficou arruinado, embebedou-se, enlouqueceu; não havia como ajudar nem o que mudar; os rapazes não se esgueiravam mais e assobiavam à noite em vão ao redor do posto de gasolina; as coisas ficaram ruins, a polícia dos Grisões fez algumas batidas. Precisei apresentar a meus colegas em Chur a verdade cristalina, à qual eles fecharam um olho ou os dois. Lá eles sempre foram mais razoáveis que nós. Assim, tudo continuou rumo à fatalidade, e o resultado o senhor mesmo já viu em nossa viagem até aqui. É bem triste, especialmente porque a pequena Annemarie também não melhorou. Talvez apenas porque diversas organizações se puseram imediatamente em movimento para salvá-la. A criança recebeu cuidados, mas sempre fugia dos abrigos e voltava ao posto de gasolina, no qual Heller abriu, há dois anos, aquele bar decadente; sabe-se lá como diabos ela arranjou a licença, mas, de qualquer forma, isso foi o fim da pequena. Ela fez a sua parte. Em todos os aspectos. Para ser sincero, quatro meses atrás ela saiu de uma passagem de um ano no reformatório de Hindelbank, mas a garota não tirou nenhuma lição de sua pena. O senhor pôde constatar isso, nem vamos nos alongar. Mas o senhor deve ter se perguntado há muito o que minha história tem a ver com a crítica que fiz a sua apresentação e por que chamei Matthäi de gênio. É compreensível. O senhor argumentará que uma ideia excêntrica não será necessariamente correta, tampouco genial. Isso também é certo. Posso até mesmo imaginar o que o senhor está tramando em seu cérebro de escritor. É preciso apenas, o senhor dirá de forma astuta, fazer com que Matthäi tenha razão e capture o assassino, e assim está feito o mais belo romance ou filme, a tarefa da escrita consistindo, no fim das contas, em deixar que as coisas fiquem transparentes a partir de determinadas reviravoltas na história para que a ideia maior por trás dela torne a brilhar, fique imaginável, sim, com uma dessas reviravoltas, até mesmo pelo sucesso de Matthäi, meu detetive fracassado ficará não apenas interessante, mas quase uma figura bíblica, uma espécie de Abraão moderno da esperança e da fé, e a história sem sentido, ou seja, uma em que ele acredita na inocência de um culpado, busca por um assassino que não existe, transforma-se em uma história razoável; o caixeiro-viajante culpado, no reino da alta literatura, é inocentado, o assassino que não existe passa a existir, e um acontecimento que tende a zombar da fé e da razão humanas se transforma em um que glorifica ainda mais esses poderes; não importaria se os fatos também tivessem transcorrido dessa forma, o principal no fim das contas seria essa versão dos eventos parecer possível. Assim, imagino o curso de seus pensamentos e posso quase prever que essa variação da história seja tão edificante e positiva que em breve simplesmente se lance como romance ou como filme. O senhor vai contar tudo de forma geral, como eu tentei contar, apenas de um jeito melhor, obviamente. Afinal, o senhor é um especialista, e apenas no fim o assassino será de fato revelado, a esperança se concretizará, a fé triunfará para que a história seja ainda aceitável ao mundo cristão. Além disso, outras atenuações são imagináveis. Por exemplo, sugiro que Matthäi, assim que tiver descoberto as trufas, reconhecendo o perigo que paira sobre Annemarie, seja impossibilitado de continuar com o plano de usar a menina como isca, seja pela benevolência madura, seja pelo amor paternal pela criança, e assim ele poderia deixar Annemarie e a mãe dela em segurança e colocar uma boneca grande na beira do riacho. Então, sairia ao pôr do sol da floresta até a suposta criança o assassino, enorme e solene, o feiticeiro de Annemarie, repleto de desejo para novamente agir com sua navalha; o reconhecimento de que caiu em uma armadilha diabólica o levaria à fúria, a um ataque de loucura, à luta com Matthäi e com a polícia e, então, talvez no fim — perdoe minha imaginação literária — uma conversa emocionante do comissário ferido com a criança, não uma fala longa, apenas frases entrecortadas — por que não? —, a garota simplesmente teria fugido da mãe para encontrar seu querido feiticeiro, correr na direção de sua tremenda felicidade, e assim seria possível haver um raio de esperança cheio de suave humanidade e devotada e fabulosa poesia depois de todos os horrores; ou, o que é mais provável, o senhor fabricará algo bem diferente; eu já conheço o senhor um pouco, mesmo que, sinceramente, prefira Max Frisch; exatamente o absurdo será o apelo ao senhor, o fato de que alguém acredite na inocência de um culpado e agora busque um assassino que não pode existir, como já definimos a situação de forma tão adequada. O senhor, porém, será mais cruel que a realidade, pelo simples prazer de fazê-lo, e fará com que nós, policiais, pareçamos perfeitamente ridículos: Matthäi de fato encontrará um assassino, um de seus santos cômicos, por exemplo, um pastor sectário de bom coração, que obviamente na realidade seria inocente e em absoluto incapaz de fazer uma maldade e, por isso, por uma de suas ideias malignas, atrairia todos os fatos suspeitos para si. Matthäi mataria esse tolo puro, todas as provas seriam confirmadas, e o feliz detetive seria reconhecido como gênio e festejado por nós quando o reintegrássemos à força policial. Isso também é imaginável. Veja o senhor, compreendi bem seu jogo. Não jogue, no entanto, na conta apenas do Réserve du Patron toda a minha falação — claro, já estamos no segundo litro; perceba também que preciso contar o fim da história, ainda que a contragosto, pois infelizmente, e isso não preciso esconder do senhor, essa história ainda tem um clímax, e é um clímax bastante pobre, tão pobre que simplesmente não dá para usá-lo em nenhum romance nem filme decente. É tão ridículo, estúpido e trivial que deve ser de imediato ignorado, caso se queira levar a história ao papel. Porém, é honesto admitir que esse clímax, em primeira instância, favorece Matthäi totalmente, o põe em uma perspectiva correta, permite que ele seja um gênio, uma pessoa que conjecturou fatores da realidade ocultos para nós, que esmiuçou hipóteses e suposições pelas quais fomos enganados e aproximou-se de leis às quais nunca chegaríamos de outra forma e que movem o mundo. Claro, apenas se aproximou. Pois é bem por isso que infelizmente esse clímax terrível existe, como o antes incalculável, o acaso, se o senhor quiser, faz sua genialidade, seus planos e suas ações ainda mais dolorosamente absurdos em retrospecto, como antes era o caso, porque ele se enganou, na opinião do quartel--general da Kasernenstrasse: nada é mais terrível que um gênio que tropeça em algo idiota. No entanto, em tal ocorrência, tudo depende de como o gênio se expõe ao ridículo sobre o qual ele tropeçou, se ele pode aceitá-lo ou não. Matthäi não conseguiu aceitar. Ele queria que sua conta também batesse com a realidade. Ele precisava, por isso, negar a realidade e desembocar no vazio. Assim termina, pois, meu relato, de um jeito especialmente triste; de fato surgiu como a 'solução' mais banal de todas. Ora, às vezes isso acontece. O pior *também* acontece às vezes. Somos homens, temos que contar com isso, proteger-nos e, acima de tudo, ter claro em nossa mente que só não fracassaremos no absurdo que necessariamente se mostra cada vez mais nítido e poderoso, mas que, de certa forma, estabeleceremo-nos de maneira confortável nesta Terra quando levarmos de forma humilde o absurdo em conta. Nosso entendimento ilumina o mundo apenas de um jeito escasso. Na zona cinzenta de suas fronteiras, reside tudo o que é paradoxal. Evitemos aceitar esses espectros de forma autônoma, como se estivessem abrigados fora da mente humana, ou, ainda pior, não cometamos o erro de observá-los como erro evitável que poderia nos seduzir, executar o mundo em uma espécie de moral desafiadora, não empreendamos a tentativa de realizar um panorama racional irretocável, pois exatamente essa perfeição irretocável seria sua mentira fatal e um sinal da mais terrível cegueira. O senhor me perdoe por enfiar este comentário no meio de minha bela história, é antipático intelectualmente, eu sei, mas o senhor precisa permitir que um velho como eu pense sobre aquilo que viveu, mesmo que esses pensamentos ainda sejam tão imperfeitos; eu sou policial, esforço-me, no fim das contas, para ser humano, e não um boi."

29

"Bem, foi no ano passado e, claro, novamente em um domingo, quando fiz uma visita ao hospital do cantão após uma ligação de um padre católico. Estava na iminência de minha aposentadoria, nos últimos dias de ocupação do cargo, meu sucessor já estava trabalhando, não Henzi, que por sorte não conseguiu, apesar de sua mulher de família influente, mas um homem de estatura e rigor, dotado de uma benevolência civil que poderia apenas fazer bem ao cargo. A ligação alcançou-me em minha residência. Apenas atendi porque deveria se tratar de algo importante, desejavam me informar sobre alguém à beira da morte, o que acontece de vez em quando. Era dezembro, um dia ensolarado, mas frio. Tudo estava vazio, lúgubre, melancólico. Nesses momentos, nossa cidade parece chorar alto. Por isso, visitar uma moribunda era uma impertinência dupla. Assim, passei algumas vezes com verdadeira tristeza pela Harpa de Aeschenbach no parque, mas no fim das contas me pus a caminho do edifício. Senhora Schrott, clínica médica, ala particular. O quarto de hospital tinha vista para o parque, estava cheio de flores, rosas, gladíolos. As cortinas estavam fechadas pela metade. Raios de sol oblíquos incidiam no assoalho. Um padre enorme estava sentado próximo da janela com o rosto vermelho e rude e uma barba grisalha malcuidada, e na cama uma mulher pequena estava deitada, velha, enrugada com sutileza, o cabelo fino e branco como algodão, imensamente delicada, obviamente riquíssima, a julgar pelas despesas do lugar. Ao lado da cama, havia um aparelho complicado, algum dispositivo médico do qual saíam diversas mangueiras que seguiam para baixo da cama. A máquina precisava ser verificada sempre por uma enfermeira. Ela entrava em intervalos regulares no quarto, silenciosa e atenciosa, e assim a conversa era interrompida em intervalos quase idênticos — para mencionar essa situação já no início.

Cumprimentei-os. A velha senhora olhou-me com atenção e de um jeito bastante tranquilo. Seu rosto estava pálido, irreal, mas ainda estranhamente vívido. Ela segurava um livrinho preto com beira dourada nas mãos encarquilhadas e amareladas, com certeza um livro de orações, mas era quase inacreditável que aquela mulher logo morreria, pois a força que emanava parecia tão vital, tão inquebrantável, apesar de todas as mangueiras que se esgueiravam da manta em sua cama. O padre ficou sentado. Com um movimento tão majestoso quanto desajeitado, ele apontou para uma cadeira ao lado da cama.

— Sente-se — pediu-me; e, quando tomei assento, sua voz grave veio de novo da janela, diante da qual sua silhueta poderosa se erguia. — Conte ao senhor comandante o que tem para relatar, senhora Schrott. Às onze horas, faremos a extrema-unção.

A senhora Schrott sorriu. Sentia muito por me causar tal inconveniência, expressava-se de modo charmoso, e sua voz era baixa, mas ainda imensamente clara, quase animada.

Menti que não tinha problema, convencido naquele momento de que aquela vovozinha me anunciaria alguma doação para policiais necessitados ou algo parecido.

Seria uma história desimportante e inofensiva que ela teria a me contar, continuou a velhota, um episódio que provavelmente acontecia em todas as famílias uma ou mais vezes e, por isso, ela também havia se esquecido dele. Naquele instante, porém, como era para ser, pois a eternidade se aproximava, ela acabou falando sobre o assunto em sua confissão, totalmente por acaso, porque pouco antes a neta de sua única afilhada a tinha visitado com flores e usava também um vestidinho vermelho, e o padre Beck ficou muito agitado e disse que deveria contar a história, ela não sabia realmente por que, já fazia tanto tempo, mas se o reverendo estava dizendo...

— Conte, senhora Schrott — veio a voz grave da janela —, conte. — E os sinos da cidade badalaram, anunciando o término do sermão, soando abafados e distantes. Então, ela queria tentar; a idosa fez uma nova tentativa e começou a falar. Fazia muito tempo que ela não contava nenhuma história, apenas a de Emil, seu filho do primeiro casamento, mas Emil já havia falecido de tuberculose, não havia mais o que fazer. Ele teria agora minha idade, ou melhor, a do padre Beck; ela, no entanto, queria imaginar que eu era seu filho e o padre Beck também, pois logo depois de Emil, ela deu à luz Markus, que morreu depois de três dias de nascido, parto prematuro, veio ao mundo em seis meses apenas, e o senhor Hobler dissera que tinha sido a melhor coisa a acontecer com o pobrezinho. E assim seguiu por um tempo a falação confusa.

— Conte, senhora Schrott, conte — admoestou o padre, com sua voz de baixo, sentado imóvel diante da janela, apenas às vezes cofiava a barba desgrenhada e grisalha com a mão direita, como um Moisés, também espalhando em ondas leves um cheiro nítido de alho. — Logo precisaremos dar seguimento à extrema-unção.

De repente, nesse momento, ela ficou cheia de orgulho e quase aristocrática, até mesmo ergueu a cabecinha, e seus olhinhos brilharam. Ela era da família Stänzli, disse ela, seu avô era o coronel Stänzli, que liderou a retirada para Escholzmatt durante a Guerra de Sonderbund, e sua irmã casou-se com o coronel Stüssi, o chefe do estado--maior em Zurique na Primeira Guerra Mundial, que era amigo próximo do general Ulrich Wille e havia conhecido pessoalmente o imperador Guilherme, mas disso eu já deveria saber.

— Claro — respondi, entediado —, é óbvio. (O que eu tinha a ver com o velho Wille e com o imperador Guilherme?, pensei, libere logo esta doação, velhota.) Se ao menos fosse possível fumar, um pequeno Suerdieck estaria de bom tamanho, soprar um pouco do aroma de floresta naquela atmosfera de hospital e no cheiro de alho. Teimoso, o padre resmungava sem parar:

— Conte, senhora Schrott, conte.

Eu devia saber, continuou a velha senhora, e seu rosto assumiu uma expressão estranhamente obstinada, quase cheia de ódio, que a culpa de tudo era de sua irmã e do coronel Stüssi. A irmã era dez anos mais velha que ela, tinha agora noventa e nove, e logo quarenta anos de viuvez, uma mansão em Zürichberg, ações na Brown-Boveri, era dona de metade da Bahnhofstrasse, famosa rua do centro de Zurique; então, de repente, veio da boca daquela vovozinha moribunda uma torrente turva, ou melhor, uma cascata obscena de palavrões que não ouso reproduzir. Ao mesmo tempo, a velha ergueu-se um pouco, e sua cabecinha branca balançava para frente e para trás com vontade, como se enlouquecida de alegria e lascívia por seu acesso de fúria. Em seguida, ela se acalmou de novo, porque por sorte a enfermeira veio, ora, ora, senhora Schrott, não se agite, fique bem calminha. A anciã obedeceu, fez um gesto fraco com a mão quando ficamos novamente a sós. Sua irmã havia mandado todas as flores, disse ela, apenas para irritá-la, a irmã sabia muito bem que ela não gostava de flores, odiava desperdício de dinheiro; elas, porém, nunca tiveram uma briga, como eu já imaginaria naquele momento, sempre tinham sido gentis e amorosas uma com a outra, por pura maldade, obviamente; todos os Stänzli tinham este traço educado, mesmo que não suportassem uns aos outros, e sua polidez era apenas o método com que eles se atormentavam e torturavam até arrancar sangue. Por sorte, eram uma família muito disciplinada; do contrário, seria um inferno na Terra.

— Conte, senhora Schrott — urgiu o padre novamente para variar —, a extrema-unção aguarda.

E eu já desejava, em vez do pequeno Suerdieck, um de meus grandes Bahianos.

Ela retomou a falação infinita: no ano 1895, ela havia se casado com o amado Galuser, que Deus o tenha, um médico de Chur. Isso não caiu bem para a irmã e seu coronel, pois Galuser não era nobre o suficiente, isso ela sentiu bem, e quando o coronel morreu de gripe, pouco depois da Primeira Guerra Mundial, a irmã ficou ainda mais insuportável e começou a cultuar de fato seu militarista.

— Conte, senhora Schrott, conte — continuou o padre, mas sem impaciência, no máximo se sentia uma leve tristeza por tanta confusão, enquanto eu quase dormitava e, às vezes, como alguém realmente em sono profundo, assustava-me —, pense na extrema-unção, conte, conte.

Não havia o que fazer, a mulherzinha tagarelava em seu leito de morte, incansável, faladora, apesar de sua voz chilreante e das mangueiras embaixo da cama, não parava com seu palavrório. Eu esperava vagamente, enquanto ainda conseguia pensar, por uma história inútil sobre um policial solícito, então o anúncio da doação de alguns milhares de francos para irritar a irmã de noventa e nove anos, preparei meu agradecimento caloroso e, decidido a suprimir meu desejo irrealista de fumar e para não me desesperar por completo, ansiei pelo aperitivo costumeiro e pelo tradicional almoço no Kronenhalle com minha mulher e minha filha. Então, continuou a velhota em sua falação, depois da morte de seu marido, Galuser, que Deus o tenha, ela se casou com Schrott, que Deus o tenha também, que trabalhava como chofer e jardineiro para eles, fazia na verdade todos os trabalhos que eram mais bem-feitos em uma casa grande e antiga por homens, como manutenção do aquecimento, reparos nas janelas, e assim por diante, e mesmo que sua irmã também não fizesse nenhum comentário a respeito, tendo até mesmo comparecido ao casamento, ela sabia com certeza que a irmã havia se enfurecido com o matrimônio, mas novamente não deixou que a senhorinha percebesse que tinha se enfurecido. E assim ela se tornou a senhora Schrott.

Ela suspirou. Lá fora, em algum lugar no corredor, as enfermeiras cantavam. Canções de Natal.

— Bem, foi um casamento bastante harmonioso com esse abençoado — continuou a vovozinha, depois de ouvir por algum tempo a cantoria —, embora para ele tivesse sido talvez mais difícil do que eu pudesse imaginar. Albertinho, que Deus o tenha, tinha vinte e três anos quando nos casamos — nascera exatamente em 1900 —, e eu já estava com meus cinquenta e cinco. Ainda assim, com certeza foi o melhor para ele, pois era órfão; a mãe, eu não sei dizer o que ela era, e o pai ninguém conheceu, nem mesmo de nome. Meu primeiro marido o contratou quando o rapaz tinha dezesseis anos; na escola, ia muito mal, sempre teve dificuldade para escrever e ler. O casamento foi simplesmente a solução mais limpa, pois era muito fácil cair na boca do povo como viúva, mesmo que eu não tivesse feito nada com Albertinho, que Deus o tenha, nem durante o casamento, o que é de se compreender pela diferença de idade; no entanto, meu patrimônio era parco, e eu precisava manter um orçamento para sobreviver com os aluguéis de minhas casas em Zurique e Chur; e o que faria Albertinho, que Deus o tenha, lá fora, na dura luta da vida, com sua mentalidade limitada? Ficaria perdido, e um cristão tem suas obrigações. Assim, vivemos em matrimônio; ele fazia isto e aquilo na casa e no jardim, um homem correto, preciso dizer, grande e firme, sempre digno e vestido com esmero; eu não precisava me envergonhar dele, mesmo que quase não falasse nada além de 'tudo bem, mãezinha, claro, mãezinha', era obediente e controlado na bebida, só gostava muito de comer, especialmente macarrão, na verdade tudo o que tinha massa, e chocolate. Era sua paixão. Em geral, era um homem corajoso e assim foi durante toda a vida, de longe muito mais gentil e obediente que o chofer com quem minha irmã se casou quatro anos depois, apesar de seu coronel, e que também tinha apenas trinta anos.

— Conte, senhora Schrott — soprou da janela a voz do padre com uma inexorabilidade indiferente, quando a vovozinha se calou por um bom tempo, já um tanto exausta.

Enquanto isso, eu ainda aguardava ingenuamente pela doação aos pobres policiais.

A senhora Schrott assentiu com a cabeça.

— Veja, senhor comandante — explicou ela —, nos anos 1940, o Albertinho, que Deus o tenha, aos poucos começou a descer ladeira abaixo, não sei exatamente o que lhe faltava, mas algo deve ter sido danificado em sua cabeça; foi ficando cada vez mais embotado e quieto, encarava o nada e com frequência não falava palavra, fazia apenas seu trabalho como era devido, e assim eu não precisava repreendê-lo expressamente, mas andava por horas em sua bicicleta por aí, talvez porque a guerra o tivesse confundido ou porque o Exército não o tivesse aceitado; sabe-se lá o que passa na cabeça de um homem. Além disso, ele ficava cada vez mais voraz; por sorte, tínhamos nossas galinhas e nossa criação de coelhos. E o que devo contar ao senhor aconteceu pela primeira vez com Albertinho, que Deus o tenha, no fim da guerra.

    Ela se calou, pois novamente a enfermeira e um médico entraram no quarto e se puseram a trabalhar em parte atrás dos aparelhos, em parte atrás da vovozinha. O médico era alemão, loiro, parecia um artista de cinema, alegre, desembaraçado, em sua ronda de rotina como médico no plantão de domingo, como vai, senhora Schrott, sempre valente, os exames da senhora estão excelentes, incrível, incrível, só não pode esmorecer; então, ele se afastou, a enfermeira o seguiu, e o padre insistiu.

    — Conte, senhora Schrott, conte, às onze é a extrema-unção. — Era uma perspectiva que não parecia inquietar em nada a senhorinha.

    — Toda semana, ele levava ovos para minha irmã militarista em Zurique — recomeçou a anciã —, o pobre Albertinho, que Deus o tenha, ele amarrava o cestinho atrás de sua bicicleta e voltava no fim da tarde, porque saía bem cedo, por volta das seis ou das cinco, sempre vestido de preto, solenemente, com um chapéu redondo. Todos o cumprimentavam de um jeito amigável quando ele pedalava por Chur e, depois, para fora da cidadezinha, assobiando sua música preferida, 'Sou um garoto suíço e amo meu país'. Naquele dia, estava quente, era o auge do verão, dois dias depois do feriado nacional, e já passava da meia-noite quando ele voltou para casa. Eu o ouvi fazer barulho e se lavar no banheiro, subi e vi aquele sangue todo também nas roupas de Albertinho, que Deus o tenha. 'Meu Deus, Albertinho, o que aconteceu com você?', perguntei. Ele apenas me encarou e disse, então: 'Acidente, mãezinha, vai passar, vá dormir, mãezinha.' E eu fui dormir, ainda que estivesse perplexa, pois não tinha visto nenhum ferimento. Pela manhã, quando nos sentamos à mesa, ele comeu seus ovos, sempre quatro de uma vez, e sua fatia de pão com geleia, e eu li no jornal que uma garotinha havia sido morta em Sankt Gallen, provavelmente com uma navalha, então me veio à mente que ele, na noite anterior, também havia limpado sua navalha no banheiro, embora sempre se barbeasse pela manhã, então me ocorreu de supetão, como uma iluminação, e eu fui muito honesta com Albertinho, que Deus o tenha, e disse: 'Albertinho, não é verdade que você matou a garota no cantão de Sankt Gallen.' Ele parou de comer os ovos, o pão com geleia e o pepino em conserva e disse: 'É, sim, mãezinha, precisava ser assim, foi uma voz vinda do céu', então voltou a comer. Fiquei totalmente perturbada por ele estar tão doente; senti pena da garota e pensei em ligar para o doutor Sichler — não o velho, mas seu filho, que também é muito competente e muito compassivo; então pensei em minha irmã, que ficaria exultante, teria sido seu dia mais lindo, e fui muito severa e decidida com Albertinho, que Deus o tenha, e disse com todas as letras: 'Isso nunca, nunca, nunca mais pode ocorrer.' Ele disse: 'Tudo bem, mãezinha.' 'Como foi acontecer uma coisa dessas?', perguntei. 'Mãezinha', disse ele, 'eu sempre encontrava uma menina com vestidinho vermelho e tranças loiras quando ia a Zurique por Wattwil, um desvio grande, mas desde que conheci a menina, perto de um bosque, precisei fazer o desvio, e a voz do céu, mãezinha, a voz do céu me mandou brincar com a menina, então a voz do céu me mandou lhe dar meu chocolate, e depois eu precisei matar a menina, tudo foi a voz do céu, mãezinha, então, na floresta seguinte, eu me deitei embaixo de um arbusto até a noite chegar, então voltei para você, mãezinha'. 'Albertinho', eu disse, 'você não vai mais de bicicleta até a minha irmã, vamos enviar os ovos pelo correio'. 'Sim, mãezinha', disse ele, que passou muita geleia em um pedaço de pão e foi para o pátio. 'Agora preciso ir ao padre Beck', pensei eu, para que ele falasse a sério com Albertinho, mas quando olhei pela janela e vi como Albertinho, que Deus o tenha, cumpria suas obrigações lá fora, à luz do sol, de um jeito tão leal e calado, e, um pouco triste, remendava o cercado dos coelhos, e como o pátio inteiro estava um brinco, pensei: 'O que aconteceu, aconteceu, Albertinho é um homem honesto, no fundo, bom de coração, e isso também não vai mais acontecer.'

 Nesse momento, a enfermeira voltou a entrar no quarto, verificou o aparelho, ordenou as mangueiras, e a vovozinha nos travesseiros pareceu de novo exausta. Eu quase não ousava respirar, o suor corria-me sobre o rosto sem que eu me desse conta; de novo, senti um arrepio e pareceu-me duplamente risível quando pensei que eu estava esperando da velha uma doação, além disso, a quantidade imensa de flores, todas as rosas vermelhas e brancas, os gladíolos chamejantes, ásteres, zínias, cravos, sabe-se Deus de onde vieram, um vaso inteiro cheio de orquídeas, insano, ostentoso, o sol atrás das janelas, o imenso e imóvel padre, o aroma de alho; eu poderia explodir, prender a mulher, mas nada fazia mais sentido, a extrema-unção era iminente, e eu estava lá, sentado, usando minhas roupas de domingo, solenes e inúteis.

— Continue a história, senhora Schrott — insistiu o padre, impaciente —, continue a história.

E ela continuou.

— Então, tudo de fato melhorou com o Albertinho, que Deus o tenha. — Ela obedeceu, com voz calma, suave, e era mesmo como se contasse uma história maravilhosa para duas crianças, na qual também a maldade e o absurdo aconteciam como algo tão maravilhoso quanto bom. — Ele não foi mais a Zurique, mas quando a Segunda Guerra Mundial terminou, pudemos usar de novo nosso carro, que eu havia comprado no ano de 1936, porque o automóvel de Galuser, que Deus o tenha, realmente tinha saído de moda, e assim Albertinho, que Deus o tenha, me levava de lá para cá em nosso Buick. Uma vez, chegamos a ir a Ascona pelo monte Tamaro, e lá pensei, pois a viagem lhe causou tanta alegria, que ele poderia ir de novo a Zurique, com o Buick não seria mesmo tão perigoso, ele precisava dirigir com cuidado e não ouviria nenhuma voz do céu; assim, ele voltou a ir até minha irmã para entregar os ovos, fiel e honesto como era de seu feitio, e às vezes também um coelho. De repente, ele voltou para casa apenas depois da meia-noite, infelizmente; fui de imediato até a garagem, eu já imaginava, porque ele, de surpresa, começou a pegar trufas na *bombonière* todas as vezes nos últimos tempos, e eu realmente encontrei Albertinho, que Deus o tenha, limpando o interior do carro, e tudo estava

cheio de sangue. 'Você matou uma menina de novo, Albertinho', eu disse e fiquei muito séria. 'Mãezinha', disse ele, 'se acalme, não foi no cantão de Sankt Gallen, foi no cantão de Schwyz, a voz do céu quis assim, a garota tinha um vestidinho vermelho e tranças loiras'. Não me acalmei, fui ainda mais rígida com ele que na primeira vez; fiquei quase furiosa. Ele foi proibido de usar o Buick por uma semana, e eu queria também ir ao reverendo Beck, estava decidida; minha irmã, porém, teria festejado demais, não era possível, e assim vigiei Albertinho, que Deus o tenha, de um jeito ainda mais estrito, e assim dois anos se passaram bem, até que ele fez de novo, porque tinha que obedecer a voz do céu, Albertinho, que Deus o tenha, ele ficou totalmente arrasado e chorou, mas eu havia dado falta das trufas na *bombonière*. Tinha sido uma menina do cantão de Zurique, também com vestidinho vermelho e tranças loiras; é incrível como as mães vestem os filhos de forma descuidada.
— A menina se chamava Gritli Moser? — perguntei.
— Chamava-se Gritli, e as outras se chamavam Sonja e Eveli — respondeu a velha senhora. — Eu anotei o nome de todas, mas Albertinho, que Deus o tenha, não melhorava em nada, começou a ficar fugidio, eu precisava lhe dizer tudo dez vezes, tinha que xingá-lo todos os dias, como um garoto, e já era 1949 ou 1950, não me lembro mais tão exatamente; poucos meses depois de Gritli, ele voltou a ficar irrequieto e distraído; até o galinheiro estava desordenado, e as galinhas cacarejavam como loucas, porque ele também não preparava mais a ração direito, e todas as vezes ele saía para rodar com nosso Buick, a tarde inteira, dizia apenas que ia passear, e de novo percebi que faltavam trufas na *bombonière*. Então,

fiz uma emboscada para ele, e quando ele se esgueirou para o quarto, Albertinho, que Deus o tenha, a navalha enfiada no bolso como uma caneta-tinteiro, fui até ele e lhe disse: 'Albertinho, você encontrou de novo uma menina.' 'A voz do céu, mãezinha', respondeu ele, 'por favor, deixe apenas mais esta vez acontecer o que o céu mandou, ele mandou, e tinha um vestidinho vermelho também e tranças loiras'. 'Albertinho', eu disse, séria, 'não posso permitir. Onde está a menina?'. 'Não longe daqui, em um posto de gasolina', disse Albertinho, que Deus o tenha, 'por favor, por favor, mãezinha, me deixe obedecer'. Fui enérgica: 'Nada disso, Albertinho', eu lhe disse, 'você me prometeu, vá limpar agora mesmo o galinheiro e dê comida direito às galinhas'. Como Albertinho, que Deus o tenha, ficou furioso, pela primeira vez em nosso casamento, que era tão harmonioso, ele gritou: 'Eu não sou seu escravo', tão doente estava. Correu para fora com as trufas e a navalha para o Buick, e uns quinze minutos depois me telefonaram, ele havia se chocado com um caminhão e morrido, o reverendo Beck veio com o sargento Bühler, que foi especialmente sensível, por isso doei em testamento cinco mil francos para a polícia de Chur e cinco mil para a polícia de Zurique, porque eu tenho casas aqui, na Freiestrasse, e claro que minha irmã chegou com seu chofer para me irritar, ela estragou o enterro inteiro para mim.

    Eu encarei a velha. Também fiquei feliz pela doação que eu estava esperando. Era como se eu ainda tivesse que passar por esta zombaria.

    Nesse momento, por fim, chegou o professor com um médico e duas enfermeiras; fomos levados para fora, e despedi-me da senhora Schrott.

— Até mais ver — eu disse, sem pensar, envergonhado, com apenas um desejo na cabeça, sair dali o mais rápido possível, quando ela começou a dar risadinhas, e o professor a me olhar com estranheza; a cena foi incômoda. Fiquei feliz por finalmente deixar a velha, o padre, a comitiva toda, chegando ao corredor.

De todos os lados, surgiam visitas com pacotes e flores, tudo cheirava a hospital. Fugi. A saída estava próxima, eu já me imaginava no parque, mas um homem grande, de rosto redondo de criança e chapéu, com roupas solenemente escuras, empurrava uma senhorinha enrugada e trêmula em uma cadeira de rodas. A anciã estava com um casaco de marta, segurava flores nos dois braços, um buquê gigantesco. Talvez fosse a irmã de noventa e nove anos com seu chofer, sabe-se lá, olhei para eles, horrorizado, até ela desaparecer na ala particular, quase comecei a correr, irrompi pelas portas do hospital e entrei no parque, passei por doentes em cadeiras de roda, convalescentes, visitantes, e só me acalmei um pouco no Kronenhalle. Diante da sopa de almôndega de fígado."

30

"Do Kronenhalle, segui logo para Chur. Infelizmente, precisei levar minha mulher e minha filha, era domingo, tinha prometido passar a tarde com elas, e eu não queria dar explicações. Não falei palavra, dirigi a uma velocidade acima da permitida, talvez algo ainda pudesse ser salvo. No entanto, minha família não precisou esperar muito tempo na frente do posto de gasolina. O bar estava em uma grande agitação, Annemarie havia acabado de voltar do reformatório em Hindelbank, o lugar fervilhava de rapazes de aparência bem duvidosa; Matthäi estava sentado em seu banco, com o macacão de mecânico, apesar do frio, fumava um charuto barato e fedia a absinto.

Sentei-me com ele, fiz o relato em poucas palavras. Não havia, no entanto, mais o que fazer. Ele pareceu não me ouvir; por um momento, fiquei indeciso, voltei até meu Opel Kapitän e segui na direção de Chur; a família estava impaciente, faminta.

— Não era Matthäi? — perguntou minha mulher, que, como de costume, não fazia ideia de nada.

— Era.

— Achei que ele estivesse na Jordânia — disse ela.

— Ele não viajou, meu amor.

Em Chur, tivemos dificuldade para estacionar. A confeitaria estava transbordando, cheia de gente de Zurique que queria encher a barriga, suarenta, além das crianças que gritavam, mas ainda encontramos um lugar, pedimos chá e salgadinhos. Minha mulher, porém, chamou a moça de volta.

— Senhorita, pode me trazer duzentos gramas de trufas também, por favor?

Ficou um tanto surpresa quando eu não quis comer nenhuma das trufas. De jeito nenhum.

E agora, meu senhor, pode fazer o que bem entender com essa história. Emma, a conta."

tradução Marcelo Rondinelli

A PANE

Uma história ainda possível (1955)

PRIMEIRA PARTE

Existem, ainda, histórias possíveis, histórias para escritores? Se alguém não quiser narrar sobre si mesmo, generalizar seu eu de um modo romântico, lírico, se não sentir a obrigação de falar de suas esperanças e derrotas, com total veracidade, de falar do seu jeito de deitar-se com mulheres, como se a veracidade transpusesse tudo isso para o âmbito geral, e não para o plano da medicina, da psicologia na melhor das hipóteses..., se alguém não quiser fazer isso, mas antes recuar discreto, educadamente preservando a privacidade, tendo o tema diante de si como um escultor o seu material, e nele trabalhar, nele se desenvolver, e como uma espécie de artista clássico tentar não perder de imediato as esperanças, ainda que seja inegável o puro absurdo que por todos os lados se revela, então o ato de escrever torna-se mais difícil e solitário, mais sem sentido também. Uma boa nota na história da literatura não interessa — afinal, quem é que já não recebeu boas notas, que embustes já não foram premiados com distinção? —, as exigências do momento são mais importantes.

No entanto, também nesse caso é ver-se diante de um dilema e uma situação ruim de mercado. Entretenimento puro e simples a vida oferece: à noite, o cinema; no jornal diário, poesia, bem ou mal. Por um pouco mais — num gesto de generosidade social, já a partir de um franco suíço — exigem-se alma, confissões, veracidade mesmo; devem-se veicular valores elevados, lições de moral, sentenças úteis, alguma coisa deve ser superada ou afirmada, ora o cristianismo, ora o desespero corrente — literatura, em suma.

Porém, e se o autor se recusar a produzir tal coisa? E se, cada vez mais decidido e obstinado, por um lado certo de que a razão para seu ato de escrever está nele mesmo, em seu consciente ou inconsciente, dependendo, caso a caso, de uma dose de sua crença ou de sua dúvida e, por outro, julgando também que justamente isso já não diga respeito ao público, sendo suficiente o que escreve, configura, modela, bastando mostrar a superfície, e só ela, de modo apetitoso, trabalhando somente nela, de resto seria o caso de ficar de boca fechada, sem comentários nem conversa fiada? Chegando a essa descoberta, ele há de gaguejar, hesitar, ficar desnorteado, isso será praticamente inevitável.

Surge o pressentimento de que não haja mais nada para narrar, considera-se seriamente a possibilidade de renunciar. Talvez ainda sejam possíveis algumas frases; ou o que resta é a guinada para a biologia, a fim de pelo menos em pensamento dar conta da explosão demográfica da humanidade, de seu avanço para a casa dos bilhões, dos úteros fornecendo sem parar; ou para a física, a astronomia, e ordeiramente prestar contas a si mesmo acerca da armação sobre a qual balançamos. O resto fica para a revista de variedades, para a *Life*, a *Match*, a *Quick* e a *Sie und Er*: o presidente na tenda de oxigênio, tio Bulganin em seu jardim, a princesa com seu prodigioso comandante de voo, personalidades do cinema e rostos-dólares, peças substituíveis, já fora da moda, quase não se fala mais nelas.

Paralelamente, o cotidiano de um indivíduo qualquer; no meu caso, europeu ocidental — suíço, para ser mais exato —, tempo ruim e economia boa, preocupações e tormentos, abalos por acontecimentos privados, porém sem ligação com o todo do mundo, com o decorrer dos acertos e desacertos, com o desenrolar das necessidades.

O destino abandonou o palco no qual estão encenando para ficar à espreita nos bastidores, fora da dramaturgia vigente; no primeiro plano tudo se transforma em acidente, as doenças, as crises. Mesmo a guerra fica na dependência de os cérebros eletrônicos poderem ou não prever sua rentabilidade. Porém isso nunca acontecerá: sabe-se que, se funcionarem as máquinas calculadoras, só as derrotas serão matematicamente prováveis; ai de nós se ocorrerem fraudes, intervenções proibidas nos cérebros artificiais. Mas mesmo isso será menos penoso que a possibilidade de que um parafuso se afrouxe, uma bobina venha a trabalhar em desordem, um botão responda errado, o fim do mundo causado por um curto-circuito tecnológico, por erro de comutação. Assim, nenhum deus mais nos ameaça, nenhuma justiça, nenhum destino como na "Quinta Sinfonia", e sim acidentes de trânsito, rupturas de diques em virtude de construção defeituosa, a explosão de uma fábrica de bombas atômicas provocada por um funcionário de laboratório distraído, chocadeiras malconfiguradas. É a esse mundo de panes que leva nosso caminho, de cuja margem poeirenta além de outdoors para os calçados Bally, de um Studebaker, um sorvete de massa e das pedras em memória dos mortos em acidente, resultam ainda algumas histórias possíveis, a humanidade olhando a partir de um rosto comum, o azar sem querer se generalizando, julgamento e justiça tornando-se visíveis, talvez até clemência, captada por acaso, refletida pelo monóculo de um embriagado.

SEGUNDA PARTE

Um acidente, sem gravidade até, mas em todo caso uma pane: Alfredo Traps, para chamá-lo pelo nome, profissional do setor têxtil, quarenta e cinco anos, longe de ser gordo, de aparência agradável, modos satisfatórios, embora deixando notar um certo adestramento, transparecer algo de primitivo, de mascate, esse nosso contemporâneo acabara de se deslocar com seu Studebaker por uma das grandes estradas do país e já esperava chegar em uma hora ao local onde residia, numa cidade maior, quando o automóvel pifou. Simplesmente não andou mais. Lá ficou, impotente, a máquina vermelha parada ao sopé de uma pequena colina, em torno da qual seguia a estrada ondulando. Ao norte, formara-se uma nuvem de cúmulo-nimbo, e a oeste o sol seguia alto, quase no meio da tarde.

Traps fumou um cigarro e fez então o necessário. O mecânico que enfim rebocou o Studebaker declarou não poder reparar a avaria antes da manhã seguinte, defeito na bomba de injeção de gasolina. Se estava mesmo dizendo a verdade, não era possível descobrir, nem aconselhável tentar; fica-se à mercê de mecânicos como outrora se ficava nas mãos dos cavaleiros salteadores ou, antes ainda, dos deuses locais e dos demônios. Sem ânimo para percorrer o caminho de meia hora até a estação mais próxima e fazer a complicada, ainda que curta, viagem de volta para casa, voltar para a esposa, seus quatro filhos, todos meninos, Traps decidiu pernoitar. Eram seis da tarde, fazia muito calor, o dia mais longo do ano se aproximando, o povoado a cuja margem ficava a oficina era simpático, espalhado por morros cobertos pela mata, com uma pequena elevação e sua igreja, casa paroquial, e um velhíssimo carvalho provido de anéis de ferro e estacas de apoio, tudo decente e bem-feito, até mesmo os montes de esterco em frente às casas dos camponeses cuidadosamente empilhados e muito bem arrumados. Também havia uma fabriqueta pelas redondezas e vários botequins e estalagens rurais que Traps já ouvira diversas vezes elogiarem; mas todos os quartos estavam reservados, um congresso dos Proprietários de Pequenos Animais de Criação demandara as camas todas, e o caixeiro-viajante foi encaminhado a uma casa de campo onde diziam que vez por outra recebiam pessoas. Traps hesitou. Ainda era possível voltar de trem. Mas a esperança de viver alguma aventura o atraía, às vezes havia garotas nos povoados, como recentemente em Grossbiestringen, que os caixeiros-viajantes do ramo têxtil sabiam apreciar. Revigorado, ele tomou afinal o caminho que levava à casa de campo. Da igreja vinha o badalar dos sinos. Vacas trotavam em direção a ele, mugiam. A casa, assobradada, ficava em meio a um jardim bem amplo, as paredes eram de um branco ofuscante, telhado plano, persianas verdes, cobertas até a metade por arbustos, faias e pinheiros; em direção à rua, flores, sobretudo rosas, um homenzinho de idade avançada com avental de couro, possivelmente o proprietário, executando pequenos trabalhos de jardinagem.

Traps apresentou-se e pediu alojamento.
— Qual sua profissão? — perguntou o velho, que chegara à cerca fumando um Brissago, pouca coisa mais alto que o portão do jardim.
— Trabalho no ramo têxtil.
O velho examinou Traps atentamente, olhando por cima dos óculos sem aro à maneira dos hipermetropes.
— Claro, aqui o cavalheiro pode pernoitar.
Traps quis saber o preço. O velho declarou que não costumava cobrar nada por aquilo, que vivia só, o filho estava nos Estados Unidos, era uma governanta quem cuidava dele, *mademoiselle* Simone. Portanto, era um prazer para ele poder abrigar um hóspede de tempos em tempos.
O caixeiro-viajante de tecidos agradeceu. Estava emocionado com aquela hospitalidade e observou que no interior os usos e costumes dos antepassados ainda não haviam desaparecido. O portão do jardim foi aberto. Traps olhou em torno de si. Caminhos de cascalho, gramado, grandes porções de sombra, pontos bem ensolarados.
Estava aguardando alguns senhores aquela noite, explicou-lhe o velho quando chegaram às flores e pôs-se a podar cuidadosamente um roseiral. Vinham amigos que moravam na vizinhança, alguns do povoado, outros de mais longe, dos lados da colina, aposentados como ele próprio, atraídos pelo clima ameno e porque ali não se sentiam os efeitos do vento Föhn, todos solitários, viúvos, ávidos por algo novo, fresco, vívido, de tal modo que era um prazer para ele poder convidar o senhor Traps para o jantar e a tertúlia que viria em seguida.

O caixeiro-viajante deteve-se atônito. Ele na verdade pretendia comer no povoado, na tão conhecida estalagem rural; só que não ousou recusar o convite. Sentiu-se obrigado. Aceitou o convite para pernoitar gratuitamente, não queria parecer um homem mal-educado da cidade. Assim, demonstrou satisfação. O dono da casa o conduziu ao andar de cima.

Um quarto agradável. Lavatório com água corrente, uma cama larga, mesa, poltrona confortável, uma banqueta encostada à parede, velhos volumes com capa de couro na prateleira de livros. O caixeiro-viajante abriu sua malinha, lavou-se, barbeou-se, meteu-se numa nuvem de água-de-colônia, foi à janela, acendeu um cigarro. O sol era um grande disco a escorregar colina abaixo, brilhando sobre as faias. Ele passou em revista os negócios feitos no dia, o pedido da Rotacher S. A., nada mau, as dificuldades com o senhor Wildholz, cinco por cento queria aquele, rapaz, rapaz, ainda acabaria por arruiná-lo. Então vieram lembranças. Coisas cotidianas, desconexas, um adultério planejado no hotel Touring, se devia mesmo comprar um trenzinho elétrico para o filho mais novo (o que ele mais amava); por educação, na verdade por obrigação, ligar para a esposa dando notícia de sua permanência involuntária naquele lugar. Porém, deixou a ideia de lado. Como já era bem de costume. Ela estava habituada com aquilo e de todo modo não acreditaria mesmo nele. Ele bocejou e permitiu-se fumar mais um cigarro. Ficou observando como vinham marchando pelo caminho de cascalho três cavalheiros de idade, dois deles abraçados, mais atrás um gordo, careca. Cumprimentos em voz alta, cumprimentos de mão, abraços, conversas sobre rosas. Traps recuou da janela, foi à prateleira de livros. Pelos títulos, podia esperar uma noite entediante: Hotzendorf, *O homicídio e a pena de morte*; Savigny, *O sistema do direito romano hoje*; Ernst David Hölle, *A prática do interrogatório*. O caixeiro-viajante viu claramente: o senhor que o hospedava era jurista, provavelmente um ex-advogado. Começou a preparar o espírito para discussões complicadas — o que é que um homem tão estudado entendia da vida real? Nada, e as leis eram a consequência natural. Também dava para temer que viessem a falar de arte ou coisa semelhante, aí ele facilmente passaria vergonha. Enfim, se não havia de estar no meio de uma batalha comercial, estaria a par de coisas de nível mais elevado. Desse modo, desceu ele pois, sem vontade, para a varanda aberta e ainda iluminada pelo sol, onde haviam se instalado, enquanto a governanta, uma figura robusta, cobria a mesa na sala de jantar ao lado. Mas estacou ao ver o grupo que o aguardava. Alegrou-se de ter sido o dono da casa o primeiro a vir em sua direção, agora quase um janota, os escassos cabelos cuidadosamente escovados, vestindo uma sobrecasaca larga demais. Traps foi recebido com boas-vindas. Com um breve discurso. Assim pôde esconder seu espanto, murmurou que o prazer era todo seu, curvou-se num movimento frio e distante de reverência, no papel do versado especialista em tecidos, e pensou, melancólico, que ficara afinal naquele povoado para arranjar alguma garota. Plano fracassado. Via-se diante de três outros anciãos, que não ficavam nada atrás do tipo esquisitão, o dono da casa. Como imensos corvos, eles enchiam aquele aposento de verão com os móveis de vime e cortinas bem arejadas, vetustos, ensebados e desleixados, ainda que suas sobrecasacas mostrassem ser da melhor qualidade, como ele logo constatou. Isso abstraindo-se a imagem do careca (Pilet era seu nome, setenta e sete anos de idade, informou o dono da casa na sessão de apresento-este-apresento--aquele que então se iniciava), sentado todo rijo e cheio de dignidade num escabelo altamente desconfortável, embora até houvesse outras cadeiras bem mais aconchegantes pelos lados, galante em excesso, um cravo branco numa casa de botão e permanentemente alisando seu vasto bigode tingido de preto. Era um aposentado, como se podia ver, talvez um ex-sacristão ou limpador de chaminés que tivesse enriquecido num acaso de sorte; ou porventura teria sido até um maquinista. Mais amarfanhados ainda estavam, por sua vez, os outros dois. Um deles (senhor Kummer, oitenta e dois anos), ainda mais gordo que Pilet, imenso, como se fosse feito de gomos de banha, estava sentado numa cadeira de balanço, o rosto muito vermelho, um enorme nariz de beberrão, olhos joviais arregalados por trás de um pincenê dourado e, para completar — via-se que vestida por distração —, uma camisa de pijama sob o terno preto e tinha os bolsos lotados de jornais e documentos; enquanto o outro (senhor Zorn, oitenta e seis anos), comprido e muito magro, um monóculo encaixado diante do olho esquerdo, cicatrizes pelo rosto, nariz adunco, uma juba grisalha, a boca murcha, uma aparência antiquada, em suma, abotoara errado o colete e usava meias de cores diferentes.

— Um Campari? — perguntou o dono da casa.

— Sim, sim, por favor — respondeu Traps e acomodou-se numa poltrona, enquanto o comprido magricela o olhava interessado através do monóculo:

— O senhor Traps vai participar de nosso joguinho, não vai?
— Mas é claro! Jogos me divertem.
Os velhos senhores sorriram, balançando a cabeça.
— Nosso jogo é um tanto singular, talvez — informou o anfitrião cautelosamente, quase hesitante, para que o outro pensasse bem. — Passamos a noite encenando nossas velhas profissões.
Os anciãos sorriram de novo, educadamente, discretos.
Traps admirou-se. Como devia entender aquilo?
— Ora — precisou o anfitrião —, no passado eu fui juiz, o senhor Zorn foi promotor público, e o senhor Kummer, advogado; então nós encenamos um tribunal.
— Ah, pois sim — compreendeu Traps e achou a ideia aceitável. Talvez a noite nem estivesse mesmo perdida.
O anfitrião encarou o caixeiro-viajante com solenidade. De modo geral, comentou ele com voz suave, tratavam dos processos que haviam se celebrizado na história, o Processo Sócrates, o Processo Jesus, o Processo Joana D'Arc, o Processo Dreyfus, mais recentemente o incêndio do Reichstag, e certa vez até Frederico, o Grande, teria sido declarado inimputável.
Traps espantou-se.
— E isso vocês encenam toda noite?
O juiz assentiu com a cabeça. Mas claro que o melhor, continuou explicando, era quando podiam encenar sobre material vivo, o que com frequência resultava em situações particularmente interessantes; ainda dois dias antes, por exemplo, um parlamentar que havia

feito discurso eleitoral no povoado e perdera o último trem fora condenado a catorze anos de reclusão por extorsão e corrupção.

— Um tribunal severo — concluiu Traps, animado.

— Questão de honra — declararam os anciãos, radiantes.

E que papel ele deveria assumir?

Novos sorrisos, quase risadas.

O juiz, o promotor e o defensor eles já possuíam, eram ademais postos que pressupunham o conhecimento da matéria e das regras do jogo, explicou o anfitrião; só o posto de um réu estaria vago, mas claro que o senhor Traps não era obrigado, de modo algum, a participar do jogo, isso ele queria mais uma vez enfatizar.

O propósito dos velhos senhores animou o caixeiro-viajante de tecidos. A noite estava salva. Não cairia em erudição nem tédio, prometia tornar-se divertida. Ele era um homem simples, sem grande capacidade intelectual e inclinação para aquela atividade, um homem do ramo comercial, calejado, era inevitável, ele que no seu ramo entrava de cabeça, que também gostava de comer e beber bem e sentia uma queda por diversões fortes. Disse que sim, participaria do jogo, seria uma honra para ele assumir o posto de réu que ficara vago.

— Bravo! — gralhou o promotor e bateu palmas. — Bravo! Isso é que é palavra de homem, isso é o que eu chamo de coragem.

O caixeiro-viajante quis então saber, curioso, que crime esperavam dele.

— Esse é um detalhe sem importância — respondeu o promotor público, enquanto limpava seu monóculo. — Um crime é algo que sempre se pode achar.

Todos riram.

O senhor Kummer levantou-se.

— Venha, senhor Traps — disse num tom quase paternal. — Afinal, ainda vamos provar o vinho do Porto que resta por aqui; é envelhecido, o senhor tem de conhecê-lo.

Conduziu o senhor Traps até a sala de jantar. A grande mesa redonda estava agora posta como que para a maior das festividades. Cadeiras antigas com espaldar alto, quadros escuros nas paredes, fora de moda, tudo bem maciço, da varanda vinha a conversa despreocupada dos anciãos, através das janelas abertas cintilava o brilho da noite, chegava o trinado dos pássaros, e sobre uma mesinha havia garrafas, outras ainda sobre a lareira, os Bordeaux acondicionados em cestinhas. O advogado de defesa despejou em duas pequenas taças, cuidadosamente e um tanto trêmulo, o vinho do Porto de uma velha garrafa; encheu-as até a borda, fez um brinde à saúde do caixeiro-viajante, com muito cuidado, quase não deixando que se tocassem as duas taças com o precioso líquido.

Traps provou-o.

— Magnífico! — elogiou.

— Serei seu advogado de defesa, senhor Traps — disse o senhor Kummer. — Então, que se brinde entre nós "a uma boa amizade"!

— A uma boa amizade!

O melhor a fazer, começou a explicar o advogado, e com seu rosto vermelho, o nariz de beberrão e seu pincenê chegou mais perto de Traps, de modo que sua barriga imensa o tocou, uma massa mole e desagradável, o melhor era que o cavalheiro lhe confiasse logo que crime havia cometido. Só assim ele podia garantir sucesso no tribunal. Se a situação não oferecia perigo, por outro lado não se podia menosprezar o fato de que o comprido e magricela promotor público, ainda em posse de suas faculdades intelectuais, era alguém temível; além disso, o anfitrião infelizmente tendia para o rigor e talvez até mesmo para a afetação, o que com a idade — ele tinha oitenta e sete anos — vinha se intensificando. De todo modo, porém, esse advogado de defesa lograra vencer a maioria dos casos, ou pelo menos havia evitado que acontecesse o pior. Só uma vez, num caso de latrocínio, não lhe fora possível, de fato, salvar nada. Mas não era um latrocínio o que estava em questão ali, pelo que ele podia supor no senhor Traps — ou era?

Infelizmente não cometera crime nenhum, riu o caixeiro-viajante. E brindou:

— Saúde!

— Confesse-o a mim — encorajou-o o advogado de defesa. — O senhor não precisa se envergonhar. Conheço a vida, já não me admiro com mais nada. Destinos e mais destinos já passaram por mim, precipícios abriram-se, o senhor pode acreditar em mim.

Era uma pena, sorriu-se satisfeito o caixeiro-viajante de tecidos. De fato, ele estava ali presente na condição de um réu sem crime, e de resto achar um para ele era assunto para o promotor público; aquele mesmo assim o dissera e agora era de esperar que cumprisse a palavra. Jogo era jogo. Traps estava curioso

para saber o que sairia dali. Haveria um interrogatório de verdade?
— Exatamente!
— Pois já estou ansioso por ele.
O defensor estampou no rosto alguma preocupação.
— Sente-se inocente, senhor Traps?
O caixeiro-viajante riu.
— Totalmente.
E a conversa pareceu-lhe muito divertida.
O advogado de defesa limpou seu pincenê.
— Grave bem isto, jovem amigo: inocência ou não, o que decide é a tática! Querer declarar-se inocente perante nosso tribunal é arriscar o pescoço, para dizer o mínimo; pelo contrário, o mais inteligente a fazer é ir logo se deixando culpar por um crime. Para gente do comércio, por exemplo, é bem vantajoso o crime de fraude. Nesse caso, sempre se pode concluir, no interrogatório, que o acusado está exagerando, que não há nenhuma fraude ali, e sim uma inofensiva camuflagem de dados por razões de publicidade, coisa afinal de contas tão comum no comércio. O caminho da culpa para a inocência pode até ser difícil, mas também não é impossível. Por outro lado, pode-se perder as esperanças caso se queira manter a inocência, e o resultado é devastador. O senhor perde onde poderia ganhar e aí fica obrigado a aceitar a culpa que lhe estão impingindo, não tem mais a permissão de escolhê-la.

O caixeiro-viajante balançou os ombros divertindo-se com aquilo; lamentava não poder servir, mas não tinha consciência de nenhum delito que o pusesse em conflito com a lei, asseverou.

O advogado de defesa recolocou o pincenê. Traps ia lhe exigir esforços, a situação ia se agravar, ficou ele pensativo.

— Mas o principal — concluiu a discussão — é que reflita sobre cada palavra, não saia simplesmente matraqueando qualquer coisa; caso contrário, o senhor se verá de repente condenado a longos anos de detenção, sem que se possa fazer nada para ajudá-lo.

Então chegaram os demais. Sentaram-se todos em torno da mesa redonda. Uma agradável roda reunida, comentários espirituosos. Primeiramente foram servidos diferentes antepastos, frios, canapés de ovos à moda russa, *escargots*, sopa de tartaruga. O estado de espírito era excelente, davam colheradas animadas, sorviam alto, sem cerimônia.

— E então, o que o senhor réu tem a nos apresentar? Espero que um belo, um imponente assassinato — gralhou o promotor público.

O advogado de defesa protestou:

— Meu cliente é um réu sem crime; uma raridade na justiça, por assim dizer. Garante ser inocente.

— Inocente? — admirou-se o promotor. As cicatrizes do rosto inflamaram-se, avermelhando-se, ele quase deixou cair no prato o monóculo, que ficou oscilando de um lado para o outro em seu cordão negro. O juiz anão, que acabara de picar pão na sopa, conteve-se, olhou para o caixeiro-viajante com um ar cheio de censura, balançou a cabeça, e também o careca taciturno do cravo branco encarou-o espantado. O silêncio era atemorizante. Nenhum ruído de colher ou garfo, não se escutava ninguém ofegar nem sorver. Apenas Simone, no fundo, dava risinhos baixos.

— Temos de investigar — conteve-se o promotor, por fim. — O que não existe, não existe.

— Vamos lá! — riu Traps. — Estou à disposição!

Para acompanhar o peixe havia vinho, um Neuchâtel leve e espumante.

— Pois então — disse o promotor enquanto cortava sua truta em pedaços —, vejamos. Casado?

— Há onze anos.

— Filhinhos?

— Quatro.

— Profissão?

— Do ramo têxtil.

— Caixeiro-viajante, portanto, caro senhor Traps?

— Representante geral.

— Muito bem. Sofreu uma pane?

— Por acaso. Pela primeira vez em um ano.

— Ah... E antes disso?

— Bem, eu ainda dirigia o carro velho — esclareceu Traps. — Um Citroën 1939. Mas agora possuo um Studebaker modelo extra na cor vermelha.

— Studebaker, ora, ora. Interessante. E há bem pouco tempo? Então antes não era representante geral?

— Um simples caixeiro-viajante, um comerciante comum do ramo têxtil.

— O momento de alta da economia... — concordou o promotor.

Ao lado de Traps estava sentado o advogado de defesa.

— Preste atenção — cochichou-lhe este.

O caixeiro-viajante de tecidos, o representante geral, como agora podemos dizer, pôs-se a cortar despreocupado um *beefsteak tartar*, gotejou limão por cima, sua receita, um tanto de conhaque, páprica e sal. Nunca uma comida lhe parecera mais agradável, exultou com aquilo, sempre considerara as noites no Schlaraffia[1] o que havia de mais divertido para gente como ele, mas essa tertúlia parecia lhe prometer diversão ainda maior.

— Arrá! — confirmou o promotor. — O senhor é sócio do Schlaraffia. Que apelido o senhor usa lá?

— Marquês de Casanova.

— Ótimo — gralhou contente o promotor, como se a novidade tivesse sua importância, o monóculo novamente encaixado. — É um prazer para todos nós ouvir isso. Pode-se aplicar o apelido à sua vida privada, caríssimo?

— Fique atento — silvou-lhe o advogado de defesa.

— Caro senhor — respondeu Traps —, só em algumas circunstâncias: quando acontece entre mim e outras mulheres algo extraconjugal, e mesmo assim apenas casualmente e sem ambições.

---

[1] Nome dado a uma agremiação fundada em 1859 por artistas do Deutsches Theater de Praga, para o cultivo da arte, da amizade e do humor. Acabou se espalhando por várias cidades do mundo. As associações congêneres mantêm as características originais: seus membros, os *Schlaraffen*, só falam alemão e evitam assuntos como política, religião e negócios, seguindo uma série de regras de conduta com feições medieval-cavaleirescas. O nome remete ao alemão *Schlaraffenland*, que designa um lugar de prazeres, como a Cocanha (Pays de Cocagne) dos franceses, ou a Pasárgada, do poema de Manuel Bandeira. [N.T.]

Que o senhor Traps tivesse a bondade de pôr o círculo ali reunido a par de sua vida, em breves pinceladas, foi o que pediu o juiz enquanto completava seu Neuchâtel. Já que haviam decidido colocar o querido convidado e transgressor diante do tribunal e talvez lhe meter anos e anos de pena, era mais do que indicado que o conhecessem mais de perto e tomassem ciência de assuntos privados, íntimos, histórias com mulheres, se possível bem sujas e picantes.

— Con-ta! Con-ta! — exigiram do representante geral os velhos senhores aos risinhos. Certa vez haviam tido à mesa um cafetão que lhes contara as coisas mais eletrizantes e picantes de seu *métier* e, com tudo aquilo, saíra-se com apenas quatro anos de detenção.

— Ora, ora — riu Traps também —, o que tenho para contar de mim? Levo uma vida cotidiana, meus senhores. Uma vida comum, faço questão de confessar desde já. Olhando nos olhos, um brinde!

— Olhando nos olhos! Saúde!

O representante geral ergueu sua taça e, emocionado, fixou-se nos olhos vidrados, como de pássaros, dos quatro velhos, que nele se prenderam como se mirassem uma iguaria especial; então se brindaram com as taças.

Do lado de fora o sol finalmente se pusera e mesmo o alarido infernal dos pássaros se calara, mas a paisagem continuava clara como se à luz do dia, os jardins e os telhados vermelhos entre as árvores, as colinas cobertas de mata e, ao longe, os primeiros montes e algumas geleiras, atmosfera de paz e tranquilidade de uma região rural, solene pressentimento de felicidade, bênção divina e harmonia cósmica.

Tivera uma juventude difícil, contou Traps enquanto Simone trocava os pratos e punha à mesa uma enorme terrina fumegante. *Champignons à la crème*. Seu pai fora operário de fábrica, um proletário que caíra nas doutrinas equivocadas de Marx e Engels, um homem amargurado, sem alegrias, que nunca cuidara de seu único filho; a mãe, lavadeira, murchara muito cedo.

— Só a escola primária eu pude frequentar. Só a escola primária — confirmou, lágrimas nos olhos, exasperado e emocionado ao mesmo tempo pelo seu passado miserável, enquanto se brindavam com um Réserve des Maréchaux.

— Curioso — disse o promotor —, curioso. Só a escola primária. Mas conseguiu crescer pelas próprias forças, ilustríssimo senhor.

— Justamente — vangloriou-se Traps, afogueado pelo Maréchaux, embalado pela afável companhia dos outros, por aquele festivo mundo divino diante das janelas. — É justamente isso que eu quero dizer. Até dez anos atrás eu ainda era um mero mascate e ia com uma maleta bater de porta em porta. Trabalho pesado, caminhadas, noites passadas sobre montes de feno, albergues de reputação duvidosa. Comecei de baixo no meu ramo, bem de baixo. E agora, meus senhores, se vissem minha conta bancária! Não é que eu queira me gabar, mas alguém aí tem um Studebaker?

— Seja cuidadoso — sussurrou-lhe o advogado de defesa, preocupado.
— E como aconteceu isso? — quis saber o promotor, curioso.
Ele devia ficar atento e não falar demais, advertiu o advogado.
Assumira a função de representante exclusivo do *hefeston* no continente, anunciou Traps e olhou para os lados, triunfante. Somente a Espanha e a região dos Bálcãs estavam em outras mãos.
— Hefesto foi um deus grego — comentou em meio a risadinhas o pequeno juiz, enquanto amontoava *champignons* no prato. — Hefesto, verdadeiramente um grande artesão, que capturou a deusa do amor e seu amante, o deus Ares, numa rede tão finamente urdida e invisível, que fez os outros deuses se divertirem até não mais poderem. Porém, o que seria esse *hefeston* cuja representação comercial o prezado senhor Traps assumiu com exclusividade ainda me parece envolto num véu de dúvidas.
— Mas o senhor chegou perto, prezado anfitrião e juiz — riu Traps. — O senhor mesmo está dizendo: um véu. E esse deus grego que desconheço e de nome quase igual ao do meu artigo tramou uma rede bem fina e invisível. Se hoje existem o *nylon*, o *perlon* e o *myrlon*, tecidos sintéticos dos quais o respeitabilíssimo tribunal certamente já ouviu falar, também existe o *hefeston*, o rei dos tecidos sintéticos, irrompível, transparente, mas ao mesmo tempo alívio certo para reumáticos, para ser usado tanto na indústria quanto na moda, em tempos de guerra ou em tempos de paz. O tecido perfeito para paraquedas e ao mesmo tempo o material

mais charmoso para camisolas de belíssimas damas. Falo com conhecimento de causa.

— Ouçam, ouçam! — grasnaram os anciãos. — Conhecimento de causa, essa é boa! — E Simone trocava de novo os pratos, agora trazendo um assado de rins de vitela.

— Um banquete! — extasiou-se o representante geral.

— Alegra-me — disse o promotor público — que o senhor saiba valorizar algo assim. E com razão! Somos servidos com mercadoria da melhor qualidade e em porções suficientes, um menu como no século passado, quando as pessoas ainda ousavam comer. Elogiemos Simone! Elogiemos nosso anfitrião! É ele mesmo quem os compra, esse velho gnomo e *gourmet*, e quanto aos vinhos, deles é Pilet quem cuida, ele que é estalajadeiro no pequeno povoado vizinho. Elogiemos Pilet também! Mas onde foi que paramos mesmo, habilidoso cavalheiro? Continuemos investigando seu caso. Sua vida já conhecemos. Foi um prazer ter uma visão geral; também quanto a suas atividades profissionais está tudo claro. Só um ponto irrelevante ainda não está esclarecido: como o senhor chegou profissionalmente a um posto tão lucrativo? Apenas pelo afinco, por uma energia férrea?

— Fique atento — sibilou o advogado de defesa. — Agora está ficando perigoso.

A coisa não havia sido tão fácil, respondeu Traps e observou, cobiçoso, como o juiz começava a trinchar o assado. Primeiro tivera de vencer Gygax, o que fora um trabalho árduo.

— Ops, e o senhor Gygax, quem é esse, mesmo?

— Meu ex-chefe.
— Ele teve de ser afastado, o senhor quer dizer?
— Colocado para escanteio, para ficarmos no tom rude do meu ramo — respondeu Traps, e serviu-se de molho. — Cavalheiros, peço que tolerem minha franqueza. É duro, na vida comercial: bateu, levou. Se tentar ser um *gentleman*, a escolha é sua, está morto. Ganho dinheiro como capim, mas também trabalho como dez camelos, todo dia giro meus seiscentos quilômetros com o Studebaker. De modo que absolutamente justo eu não fui, quando foi preciso mostrar os dentes e partir para cima de Gygax; mas eu tinha de progredir. Negócio é negócio, oras bolas.

O promotor público, curioso, levantou os olhos de seu assado de rim de vitela.

— Colocar para escanteio, mostrar os dentes e partir para cima... são umas expressões bem malignas, caro Traps.

O representante geral riu:

— Que o senhor as entenda em sentido figurado, claro.
— O senhor Gygax vai bem, prezadíssimo?
— Morreu no ano passado.
— Está maluco? — sibilou-lhe, nervoso, o advogado de defesa. — O senhor deve ter enlouquecido de vez!
— Ano passado... — lamentou o promotor. — Sinto muito mesmo. E quantos anos tinha?
— Cinquenta e dois.
— Na flor da idade. E morreu de quê?
— De uma doença qualquer.
— Depois de o senhor receber o posto dele na empresa?
— Pouco tempo antes.

— Muito bem, não preciso saber mais nada, por enquanto — disse o promotor. — Sorte, estamos com sorte. Temos um morto descoberto, e isso é o principal.

Todos riram. Até Pilet, o careca, reverentemente concentrado no que comia, cheio de afetação, imperturbável, engolindo porções imensas, levantou os olhos.

— Excelente — comentou e alisou o bigode negro.

Então se calou e continuou a comer.

O promotor público ergueu sua taça num gesto solene.

— Meus senhores, para brindar essa descoberta, apreciemos o Pichon-Longueville 1933. Um bom Bordeaux para um bom jogo!

Tocaram-se novamente as taças e beberam brindando uns aos outros.

— Que coisa, meus senhores! — espantou-se o representante geral, esvaziando o Pichon em um só gole e estendendo a taça para o juiz. — Mas que sabor esplêndido!

Chegara o crepúsculo e praticamente não se podiam mais reconhecer as fisionomias dos homens ali reunidos. Podiam-se adivinhar as primeiras estrelas nas janelas, e a governanta acendeu três grandes e pesados candelabros, que pintaram sobre as paredes, a partir da imagem em sombras da mesa reunida, algo como o maravilhoso cálice de uma flor fantástica. Uma atmosfera de aconchego, conforto, simpatia por todos os lados, afrouxamento dos modos, dos costumes.

— Como no conto de fadas — admirou-se Traps.

O advogado de defesa limpou com o guardanapo o suor da testa.

— O conto de fadas, caro Traps, é o senhor — disse.
— Nunca encontrei um réu que desse declarações tão imprudentes com maior paz de espírito.

Traps riu:

— Sem medo, caro vizinho! Assim que começar o interrogatório, me controlo e não perco a cabeça.

Silêncio sepulcral na sala, como já acontecera. Nenhum mastigar ou sorver ruidoso.

— Seu infeliz! — suspirou o advogado de defesa. — O que o senhor quer dizer com "assim que começar o interrogatório"?

— Bem — disse o representante geral, enquanto juntava salada no prato —, por acaso ele já começou?

Os anciãos trocaram risos entre dentes, olhares marotos, cheios de malícia, para em seguida, por fim, desatar em estridentes gargalhadas de satisfação.

O taciturno e tranquilo careca, às risadinhas, disse:

— Ele não percebeu! Ele não percebeu!

Traps deteve-se, atônito, aquela animação gaiata lhe pareceu estranha. Uma impressão que, claro, logo se dissipou. E pôs-se a rir junto:

— Meus senhores, perdão — comentou —, mas eu imaginava um jogo mais cerimonioso, cheio de dignidade, mais formal, mais como num tribunal.

— Caríssimo senhor Traps — esclareceu-lhe o juiz —, sua fisionomia consternada é impagável. Nosso modo de conduzir o tribunal lhe parece estranho, animado demais, pelo que vejo. Mas é que nós, nesta mesa, valoroso senhor, somos aposentados e nos libertamos da imensidão desnecessária de fórmulas, protocolos, escrevinhações, leis e toda a parafernália que costuma pesar sobre nossos tribunais. Nós julgamos sem levar em consideração os miseráveis códigos de leis e seus parágrafos.

— Corajosos — replicou Traps, com a língua já meio pesada. — Corajosos. Meus senhores, isso me impressiona. Sem parágrafos, é uma ideia ousada.

O advogado de defesa levantou-se, atabalhoado. Ia apanhar um pouco de ar, anunciou, antes que chegassem o frango e o restante; era hora de um passeiozinho revigorante e de um cigarro, e ele convidava o senhor Traps a acompanhá-lo.

Saíram da varanda para a noite aberta que finalmente caíra, quente e majestosa. Das janelas da sala de jantar viam-se faixas douradas de luzes sobre o gramado, que se estendiam até os roseirais. O céu estava estrelado, sem lua, as árvores erguiam-se naquele lugar como uma massa escura, e mal se podiam adivinhar os caminhos de cascalho entre elas, por onde eles agora caminhavam. Iam abraçados. Ambos estavam pesados pelo vinho tomado, cambaleavam e balançavam vez por outra, fazendo esforço para andar bem eretos; e fumavam cigarros, Parisiennes, pontos vermelhos na escuridão.

— Meu Deus — resfolegou Traps —, que farra aquela lá dentro! — e apontou para as janelas iluminadas, onde acabara de se mostrar a silhueta robusta da governanta. — A coisa está divertida, divertida mesmo.

— Caro amigo — disse cambaleante o advogado de defesa, apoiando-se em Traps —, antes de voltarmos e atacarmos o frango, deixe-me dirigir-lhe uma palavra, uma palavra séria, que o senhor deveria considerar com carinho. Simpatizo com o senhor, jovem amigo, sinto um afeto pelo senhor, quero lhe falar como se fosse seu pai: nós estamos em vias de perder completamente nosso processo!

— Que azar — respondeu o representante geral e foi guiando o advogado de defesa ao longo do caminho de cascalho, contornando a grande massa negra e esférica de um arbusto. Então chegaram a um lago, divisaram um banco de pedra, sentaram-se. Estrelas espelhavam-se na água, da superfície subia uma aragem. Do povoado vinham os sons de acordeão e cantos, agora também se podia ouvir o som de uma trompa alpina, a Associação dos Proprietários de Pequenos Animais de Criação estava em festa.

— O senhor precisa se conter — admoestou-lhe o advogado de defesa. — O inimigo tomou importantes baluartes; por sua tagarelice incontrolável, eis que desnecessariamente surgiu o finado Gygax, uma ameaça poderosa. Tudo isso é grave, um defensor inexperiente haveria de entregar as próprias armas; mas com tenacidade, aproveitando-se todas as chances e, principalmente, com toda a cautela e disciplina de sua parte, senhor Traps, ainda poderei salvar algo essencial.

Traps riu. Aquilo era um jogo de salão dos mais curiosos, constatou. Precisava sem falta ser introduzido na próxima reunião do Schlaraffia.

— Não é mesmo? Vive-se de novo. Estou alquebrado, caro amigo, depois de renunciar a meu cargo e de repente ter de gozar minha velhice sem ocupação, sem minha velha profissão neste povoadinho. Afinal, o que acontece por aqui? Nada, só deixamos de sentir o abafado Föhn, e isso é tudo. Clima saudável? Ora, isso é ridículo quando não se tem ocupação intelectual. O promotor público era um moribundo; quanto a nosso anfitrião, acreditavam que sofria de câncer no estômago; Pilet sofria de diabetes e em mim era a pressão sanguínea que causava preocupações. Era o resultado que havíamos alcançado. Uma vida lastimável. De vez em quando nos sentávamos juntos, tristes, para falar saudosos de nossas antigas profissões e sucessos, era nossa única mísera alegria. Aí o promotor teve a ideia de introduzir o jogo, o juiz pôs sua casa e eu minha fortuna à disposição... Bem, sou um solteirão e, como advogado da elite por décadas a fio, juntam-se uns bons trocados, meu caro. É quase inacreditável como um cavaleiro salteador da oligarquia financeira absolvido recompensa esplendidamente seu advogado de defesa; beira o desperdício. Esse jogo tornou-se nossa fonte da juventude; os hormônios, os estômagos, os pâncreas voltaram a ficar em ordem, desapareceu o tédio, reapareceram energia, mocidade, elasticidade e apetite. Veja o senhor mesmo. — E, apesar da barriga, fez alguns exercícios de ginástica, segundo Traps pôde observar sem muita nitidez na escuridão. — Encenamos com os hóspedes do juiz, que representam nossos réus — prosseguiu o advogado de defesa, depois de se sentar novamente. — Ora com mascates, ora com viajantes em férias; dois meses atrás pudemos até condenar um general alemão a vinte anos de detenção. Chegou aqui enquanto cruzava o lugar numa caminhada com a esposa e só minha arte pôde salvá-lo da forca.

— Magnífica essa produção! — admirou-se Traps. — Mas essa história da forca não pode ser verdade, aí o

senhor está exagerando um pouquinho, prezado advogado, afinal a pena de morte está abolida.
— Na justiça oficial — corrigiu o defensor. — Mas nós aqui enfrentamos uma justiça particular e a reintroduzimos. É justamente a possibilidade da pena de morte que deixa nosso jogo tão eletrizante e peculiar.
— Então vocês devem ter um carrasco também, não? — riu Traps.
— Claro — confirmou o advogado de defesa, orgulhoso —, também temos. Pilet.
— Pilet?
— Surpreso, não?
Traps tomou vários goles.
— Afinal, ele é dono de estalagem e providencia os vinhos que estamos tomando...
— Estalajadeiro ele sempre foi — riu-se satisfeito o advogado de defesa. — Exercia sua atividade pública apenas como profissão paralela. Quase como honorário. Era um dos mais habilidosos em sua especialidade no povoado vizinho e, ainda que já esteja aposentado há vinte anos, continua um mestre em sua arte.
Um automóvel passou pela rua e, à luz de seus faróis, iluminou-se a fumaça dos cigarros. Por alguns segundos, Traps viu também o advogado de defesa, a figura descomunal na sobrecasaca ensebada, o rosto gordo, satisfeito, bonachão. Traps estremeceu. Um suor frio surgiu em sua testa.
— Pilet.
O advogado de defesa parou, espantado.
— Ei, mas o que há com você, afinal, meu bom Traps? Percebo que está tremendo. Não está passando bem?

Ele viu diante de si o careca, que na verdade até este instante se banqueteara em estado de torpor; era um desaforo comer com um tipo daqueles. Mas que culpa tinha o pobre sujeito em relação ao seu ofício? A noite amena de verão e o vinho ainda mais delicado tornavam Traps humano, tolerante, sem preconceitos. Ele era afinal de contas um homem que muito vira e bem conhecia o mundo, nem hipócrita, nem pequeno-burguês, não, era um especialista de primeira no ramo têxtil. Pareceu mesmo a Traps agora que, sem um carrasco, aquela noite seria menos divertida e prazerosa, e logo se alegrou com a ideia de em breve divertir os outros no Schlaraffia, para onde seguramente também poderiam chamar o carrasco, mediante alguma gratificação e cobrindo custos. Por fim ele riu, sentindo-se liberto:

— Os senhores me pegaram! Fiquei com medo! O jogo está ficando cada vez mais divertido.

— Sem segredos entre nós... — disse o advogado de defesa após se levantarem dando-se os braços para, ofuscados pela luz das janelas, andar tateando o caminho de volta à casa. — Como o senhor matou Gygax?

— Por acaso eu o matei?

— Bem, se ele está morto...

— Mas eu não o matei.

O advogado de defesa parou.

— Meu caro jovem amigo — tornou ele, num tom compassivo —, entendo suas preocupações. De todos os crimes, os assassinatos são os mais constrangedores de se confessar. O réu envergonha-se, não quer admitir seu ato, esquece, reprime-o da memória, vê-se mesmo cheio de pré-julgamentos em relação ao passado, carrega o fardo dos sentimentos de culpa exagerados e não confia em ninguém, nem mesmo em seu amigo paternal, o advogado de defesa, o que justamente é a atitude mais equivocada, pois um defensor de verdade ama o assassinato, fica extasiado quando lhe trazem um. Vamos logo, caro Traps! Só fico bem quando estou diante de uma missão real, como um alpinista diante de um difícil pico de quatro mil metros — posso dizê-lo como velho montanhista que sou. É aí que o cérebro começa a pensar e a poetar, a roncar e a ranger, o que é uma alegria! Assim, sua desconfiança é o maior erro, se me permite dizer, o erro decisivo que o senhor está cometendo. Por isso, vamos logo com a confissão, meu velho!

No entanto, não tinha nada para confessar, reiterou o representante geral.

O advogado de defesa parou estupefato. Sob os fortíssimos reflexos da luz que vinham das janelas, das taças que tilintavam, as gargalhadas avolumando-se cada vez mais, ele ficou olhando embasbacado para Traps.

— Garoto, garoto — resmungou em reprovação —, que quer dizer isso, afinal? Então insiste em não desistir de sua tática equivocada e quer continuar fazendo o papel de inocente? Não entendeu ainda? Confessar é uma necessidade, querendo-se ou não, e sempre se tem algo a confessar, aos poucos isso tem de lhe ficar claro! Pois bem, caro amigo, sem maiores rodeios, sem papas na língua: como o senhor matou Gygax? Num momento de forte emoção, não foi? Nesse caso, teríamos de nos preparar para uma acusação por homicídio. Posso apostar que o promotor está indo nessa direção. Tenho cá minhas suposições. Conheço o moço.

Traps sacudiu a cabeça.

— Meu caro senhor defensor — disse —, o atrativo todo especial deste nosso jogo é — se me permite, como iniciante e totalmente sem parâmetros que sou, expressar minha opinião — que ele inquiete e apavore. A encenação ameaça tornar-se realidade. De repente, o indivíduo se pergunta se afinal é ou não um criminoso, se terá ou não matado o velho Gygax. Seu discurso quase me causou uma vertigem. Por isso, sem segredos entre nós: sou inocente na morte do velho gângster. De verdade.

Com isso, entraram de volta à sala de jantar, onde o frango já fora servido e um Château Pavie 1921 cintilava nas taças.

Traps, bem-humorado, dirigiu-se ao sério e taciturno careca e apertou-lhe a mão. Disse-lhe que soubera, pelo advogado de defesa, de sua profissão de outrora, que queria enfatizar não poder haver nada mais agradável do que ter à mesa um homem tão valoroso; afirmou-lhe que não tinha preconceitos, pelo contrário. E Pilet, alisando o bigode tingido, murmurou enrubescido, um tanto envergonhado e num dialeto pavoroso:

— É um prazer, é um prazer, vou me esforçar.

Após essa comovente confraternização, também o frango apeteceu-lhes enormemente. Fora preparado segundo uma receita secreta de Simone, anunciou o juiz. Mastigaram com espalhafato, comeram com as mãos, elogiaram a obra-prima, beberam, brindaram à saúde de cada um, lamberam o molho escorrido nos dedos, sentiam-se bem, e com toda a descontração o processo seguiu adiante. O promotor, com um guardanapo em volta do pescoço e o frango à frente da boca, que fazia um bico e mastigava ruidosamente, esperava que lhe servissem uma confissão para acompanhar a ave.

— É certo, caríssimo e honorabilíssimo réu, que o senhor envenenou Gygax.

— Não — riu Traps —, nada disso.

— Bem, digamos: atirou nele?

— Também não.

— Preparou-lhe secretamente um acidente de automóvel?

Riso geral, e o advogado de defesa sibilou mais uma vez:

— Preste atenção, isto é uma cilada!

— Azar, senhor promotor, puro azar! — exclamou Traps cheio de altivez. — Gygax morreu de infarto, e não era o primeiro que ele sofria. Alguns anos antes já fora surpreendido e precisava prestar atenção. Ainda que aparentasse ser um homem saudável, a qualquer agitação podia-se temer que a coisa se repetisse, sei disso com certeza.

— Ops, soube por quem?

— Pela esposa dele, senhor promotor.

— Pela esposa dele?

— Atenção, pelo amor de Deus — murmurou-lhe o advogado de defesa.

O Château Pavie 1921 superava as expectativas. Traps já estava na quarta taça, e Simone pusera-lhe uma garrafa extra por perto. Mediante o espanto do promotor, o representante geral fez um brinde aos velhos cavalheiros, que o respeitabilíssimo tribunal não viesse a pensar que ele estava escondendo algo. Ele queria dizer a verdade e permanecer nela, ainda que seu advogado de defesa lhe estivesse sibilando "atenção". De fato, tivera algo com a senhora Gygax. Bem, o velho gângster viajava com frequência e desprezava da forma mais cruel aquela sua esposinha bem-feita e apetitosa; com efeito, ele tivera que fazer, vez por outra, o papel do consolador, no canapé da sala de estar dos Gygax e, mais tarde, também na cama de casal, ocasionalmente — enfim, o curso normal das coisas neste mundo.

A essas palavras de Traps os velhos senhores pasmaram. Porém, de repente puseram-se a guinchar de satisfação, e o careca, até então calado, gritou, atirando seu cravo branco para os ares: "Uma confissão! Uma confissão!" Só o advogado de defesa bateu desesperado os punhos contra as têmporas.

— Que insensatez! — exclamou. Seu cliente devia ter enlouquecido e não se podia acreditar incondicionalmente na história que estava contando. Ao que Traps, indignado e sob novos aplausos na mesa, protestou. Com isso teve início uma longa falação entre o defensor e o promotor, com insistentes idas e vindas, meio cômica, meio séria, uma discussão cujo conteúdo Traps não conseguia compreender. Girava em torno da palavra *dolus*, cujo significado o representante geral desconhecia. A discussão foi ficando cada vez mais intensa, as vozes elevando-se, cada vez mais incompreensíveis, o juiz intrometeu-se, exaltou-se igualmente, e se no início Traps estava empenhado em ouvir, adivinhando algo do sentido da altercação, depois respirou aliviado, quando a governanta veio pôr à mesa os queijos, *camembert, brie, emmental, gruyère, tête de moine, vacherin, limburger* e gorgonzola, e deixou o *dolus* para lá, brindou com o careca, que se mantinha calado sozinho e parecia também não entender nada, e serviu-se... até que, súbito, num movimento inesperado, o promotor virou-se para ele:

— Senhor Traps — perguntou, com a juba de leão eriçada e o rosto em brasa, o monóculo na mão esquerda —, o senhor e a senhora Gygax ainda são amigos?

Todos arregalaram os olhos na direção de Traps, que punha na boca pão branco com *camembert* e mastigava confortavelmente. E depois tomou mais um gole do Château Pavie. Em algum lugar tiquetaqueava um relógio e do povoado vinham outra vez sons distantes de acordeão, homens cantando em coro: "Leva a casa o nome de Adega Suíça..."

Desde a morte de Gygax, explicou Traps, não visitara mais aquela esposinha. Afinal, não queria comprometer a reputação da viúva.

A explicação provocou, para seu espanto, uma nova, fantástica e incompreensível onda de alegria, eles haviam ficado ainda mais excitados que antes, e o promotor gritou:

— *Dolo malo, dolo malo!* — E bradou versos gregos e latinos, citou Schiller e Goethe, enquanto o pequeno juiz soprava as velas, à exceção de uma, cuja chama usou para, berrando e fungando ruidosamente, projetar na parede as mais fantásticas imagens em sombra: cabras, morcegos, diabos e ogros. Ao que Pilet golpeou a mesa de tal modo que taças, pratos e tábuas dançaram:

— Vai dar pena de morte! Vai dar pena de morte!

Somente o advogado de defesa não participava, e empurrou a tábua para Traps. Que este se servisse, eles tinham que se fartar de queijo, não lhes restava mais nada.

Um Château Margaux foi trazido à mesa. Com ele reinstaurou-se a paz. Todos encararam o juiz, que começava a desarrolhar a empoeirada garrafa (ano 1914) com cuidado e desajeitada meticulosidade, usando um saca-rolhas esquisito, arcaico, que lhe permitia tirar a rolha da garrafa deitada sem tirá-la de seu suporte, um procedimento que se dava sob um clima de tensão, a respiração presa, era preciso extrair a rolha com o mínimo dano possível, por ser ela a única prova de que a garrafa realmente era do ano de 1914 — as quatro décadas já haviam destruído a etiqueta fazia muito tempo. A rolha não saiu inteira, o resto teve de ser cuidadosamente removido, porém ainda se pôde ler nela o ano; foi passada de mão em mão, cheirada, admirada e por fim entregue de modo solene ao representante geral, como lembrança da belíssima noite, como disse o juiz. Este então provou do vinho, fez com que estalasse na boca, serviu. Os outros começaram a cheirar, a sorver com ruído, soltaram gritos de deslumbramento, enalteceram o anfitrião.

O queijo foi servido à roda, e o juiz ordenou que o promotor público proferisse seu "discursozinho de acusação". Este exigiu primeiramente novas velas, a ocasião pedia solenidade, reverência, era preciso concentrar-se, reunir todas as energias interiores. Simone trouxe o que ele exigira. Estavam todos ansiosos, ao representante geral a situação pareceu levemente estranha, sentiu um calafrio, mas ao mesmo tempo achou sua aventura maravilhosa, e por nada no mundo teria desejado abrir mão dela. Apenas seu defensor não parecia de todo satisfeito.

— Bom, Traps — disse ele —, vamos ouvir o discurso de acusação. Você vai se admirar com o estrago que causou com suas respostas descuidadas, com sua tática equivocada. Se a situação antes era grave, agora é catastrófica. Mas coragem, vou ajudá-lo a sair do atoleiro, só não vá perder a cabeça, vai precisar de bons nervos para sair dessa são e salvo.

Chegara a hora. Pigarros, tosses por todos os lados, novos brindes e, em meio a risadinhas e risos entre dentes, o promotor público começou seu discurso.

— O prazer de nossa tertúlia — disse, erguendo sua taça, mas permanecendo sentado —, seu sucesso, deve-se ao fato de termos desvendado um assassinato, tramado de maneira tão refinada que naturalmente escapou, de modo brilhante, à nossa justiça oficial.

Traps ficou perplexo e de repente se irritou.

— Então, quer dizer que eu cometi um assassinato? — protestou. — Ora, ouça o senhor: isto tudo já está indo longe demais para mim. Já não bastava o advogado de defesa com sua história furada! — Mas logo refletiu um pouco e começou a rir, desmedidamente, quase sem conseguir se acalmar, era uma piada sensacional, agora ele entendia, queriam lhe impingir um crime, essa era boa, era boa mesmo!

O promotor público, cheio de gravidade, dirigiu o olhar a Traps, limpou seu monóculo e o recolocou.

— O réu — continuou — duvida da própria culpa. Humano. Quem de nós é consciente, sabe de seus crimes e delitos secretos? Mas permitam-me frisar algo neste momento, antes que nosso jogo entre outra vez em ebulição passional: caso Traps seja um assassino como afirmo, como espero em meu íntimo, estamos diante de um momento particularmente solene. O que é justo. A descoberta de um assassinato é como a alegria da paternidade, um acontecimento que faz nosso coração bater mais forte, colocando-nos diante de novas tarefas, decisões, deveres, de modo que quero cumprimentar nosso querido provável autor do crime, afinal sem um autor não é possível descobrir um assassinato, fazer imperar a justiça. Um brinde especial, então, a nosso amigo, nosso modesto Alfredo Traps, que um destino bem-intencionado trouxe ao nosso meio!

Uma explosão de alegria, levantaram, brindaram à saúde do representante geral — este, por sua vez, com lágrimas nos olhos agradeceu e assegurou que aquela com certeza era a mais bela noite que já tivera.

O promotor, agora igualmente em lágrimas:

— Sua mais bela noite, declara nosso prezadíssimo. Que palavras, que comovente declaração. Relembremos o tempo em que era preciso executar tarefas sombrias a serviço do Estado. Não era como amigo que o réu se apresentava diante de nós, mas como inimigo. Esse, que agora podemos receber de peito aberto e abraçar, naquele tempo tínhamos de repelir. Pois venha receber meu abraço!

Com essas palavras, saltou da cadeira, ergueu Traps no ar e abraçou-o efusivamente.

— Promotor, querido, querido amigo — balbuciou o representante geral.

— Réu, querido Traps — soluçou o promotor público. — Tratemo-nos com informalidade. Pode me chamar de Kurt. À sua saúde, Alfredo!

Beijaram-se, abraçaram-se cheios de afeto, afagaram-se, beberam brindando um ao outro, a comoção espalhava-se, a devota convicção de uma amizade que ali florescia.

— Mas como tudo mudou! — proclamou eufórico o promotor. — Se antigamente nos lançávamos afobados de caso em caso, de crime em crime, de sentença em sentença, agora justificamos, arguimos, relatamos, discursamos e debatemos com vagar, comodidade, contentamento; aprendemos a estimar, a amar o réu, sua simpatia nos toca, é uma confraternização mútua. E mal esta se produz, tudo fica mais fácil, o crime perde o peso, a sentença torna-se límpida. Assim, deixem-me pronunciar palavras de reconhecimento ao assassinato perpetrado. (Traps, enquanto isso, outra vez com o mais resplandecente humor: "Provas, Kurt, provas!") Justificadamente, pois se trata de um perfeito, de um belo assassinato. Aqui o adorável autor do crime poderia ver um cinismo brejeiro, longe de mim isso. Seu ato pode ser chamado de "belo" sob dois aspectos, num sentido filosófico e num técnico-virtuoso: nosso grupo reunido à mesa, prezado Alfredo, abandonou o preconceito de ver no crime algo indecente, terrível, e ver na justiça, por outro lado, algo belo, ainda que esteja mais para terrivelmente belo. Não, na verdade nós reconhecemos até no crime a beleza como a pré-condição que torna a justiça possível. Esse, o lado filosófico. Apreciemos agora a beleza técnica do ato. Apreciação: acho que encontrei a palavra justa, não quero que meu discurso de acusação seja um discurso de terror, que poderia encabular, confundir nosso amigo, e sim uma apreciação que lhe apresente seu crime, que faça esse crime desabrochar para ele, fazendo-o tomar consciência: somente sobre o limpo pedestal do reconhecimento é que se pode erigir o monumento inteiriço da justiça.

O velho promotor de oitenta e seis anos deteve-se, exausto. Apesar da idade, falara em voz alta e cavernosa, com grandes gestos, enquanto bebia e comia muito. Então, limpou o suor da testa com o guardanapo manchado que tinha preso ao pescoço e enxugou a nuca franzida. Traps estava comovido. Mantinha-se pesadamente sentado em sua cadeira, o menu deixara--o num estado de letargia. Estava saciado, mas não queria se deixar vencer pelos quatro anciãos, embora admitisse estar em dificuldades para fazer frente ao apetite e à sede descomunais dos velhos cavalheiros. Ele era um bom garfo, mas uma vitalidade e uma voracidade como aquelas nunca lhe haviam ocorrido. Estava espantado, olhava embasbacado e inerte por sobre a mesa, afagado pela cordialidade com a qual o promotor o tratava, ouvia da igreja as doze solenes badaladas do sino à meia-noite, e em seguida retumbar longe, noturno, o coro dos Proprietários de Pequenos Animais de Criação: "Nossa vida é igual à viagem..."

— Como no conto de fadas — surpreendeu-se outra vez o representante geral —, como no conto. — E continuou: — Então terei cometido um assassinato? Justo eu? Só fico curioso em saber como.

Enquanto isso, o juiz desarrolhara outra garrafa de Château Margaux 1914, e o promotor público, refeito, recomeçou:

— O que aconteceu, afinal? Como descobri que a nosso querido amigo cabe a honra de ser autor de um assassinato, não apenas de um assassinato comum, mas de um virtuoso, executado sem derramamento de sangue, sem meios como veneno, pistolas ou que tais?

Pigarreou, e Traps o encarou, hipnotizado, um pedaço de *vacherin* na boca.

Como perito que era, prosseguiu o promotor, tinha de partir da tese de que podia haver um crime espreitando por trás de qualquer ação, qualquer pessoa. A primeira intuição — de haver encontrado na figura do senhor Traps alguém favorecido pelo destino e abençoado com um crime — devia-se à circunstância de o caixeiro-viajante de tecidos ainda um ano antes dirigir um velho Citroën, e agora desfilar um Studebaker.

— Sei, porém, que vivemos tempos de prosperidade econômica e, desse modo, a intuição ainda era vaga, mais comparável à sensação de estar diante da alegria da paternidade, precisamente da descoberta de um assassinato. O fato de nosso amigo ter assumido o posto de seu chefe, de ter precisado afastar seu chefe, e esse chefe ter morrido, tudo isso ainda não eram provas, mas os primeiros elementos que fortaleceriam, dariam fundamento àquela sensação. A suspeita, alicerçada logicamente, só veio à tona quando se soube do que esse lendário chefe havia morrido: de um infarto. Foi preciso partir desse dado, fazer associações mentais, reunir perspicácia, sagacidade, proceder com discrição, aproximar-se sorrateiramente da verdade, reconhecer o comum como incomum, ver o definido no indefinido, contornos na névoa, crer num assassinato exatamente por parecer absurdo supor um assassinato. Vejamos em traços gerais o material de que dispomos. Esbocemos um quadro do falecido. Pouco sabemos dele; o que sabemos depreendemos das palavras de nosso simpático convidado. O senhor Gygax era o representante geral do *hefeston*, tecido sintético ao qual podemos confiar todas as agradáveis qualidades que lhe atribui nosso caro Alfredo. Era uma pessoa, podemos concluir, que arriscava tudo, que explorava seus subordinados sem quaisquer escrúpulos, que sabia fazer negócios ainda que os meios empregados para fechar esses negócios fossem com frequência no mínimo questionáveis.

— É verdade — concordou Traps entusiasmado. — É uma descrição perfeita daquele malandro!

— Além disso, podemos deduzir — continuou o promotor — que ele exteriormente fazia o papel do robusto, do fortalhão, do bem-sucedido homem de negócios, alguém escolado e escaldado; por essa razão Gygax ocultara, enfim, da maneira mais cuidadosa, sua grave doença cardíaca, e aqui também citamos as palavras de Alfredo, ele suportava esse sofrimento numa espécie de ira teimosa, como uma perda de prestígio pessoal, por assim dizer.

— Que maravilha! — admirou-se o representante geral; aquilo era praticamente bruxaria, ele podia apostar que Kurt conhecera o falecido.

   Mas que Traps se calasse, sibilou o advogado de defesa.

— Ademais — explicou o promotor —, completando o retrato do senhor Gygax, o falecido desprezava a esposa, que temos de pensar como uma apetitosa e bem-feita madamezinha, pelo menos foi como se expressou, aproximadamente, nosso amigo. Para Gygax, só o sucesso importava, os negócios, o exterior, a fachada, e podemos supor com certo grau de probabilidade que ele tinha convicção da fidelidade da mulher e considerava ter uma aparência extraordinária e ser um homenzarrão extraordinário demais para que pudesse sequer lhe passar pela cabeça a ideia de um adultério; daí ter sido, seguramente, um duro golpe para ele tomar conhecimento da infidelidade da esposa com o nosso Casanova do Schlaraffia.

Todos riram, e Traps deu tapas nas próprias coxas, animado.

— Ele era isso mesmo — confirmou, radiante, a suposição do promotor. — Foi o fim para ele, quando soube aquilo.

— O senhor simplesmente enlouqueceu — gemeu o advogado de defesa.

O promotor público levantara-se e olhava satisfeito na direção de Traps, que raspava com a faca seu *tête de moine*.

— Ei, como ele ficou sabendo de tudo, o velho crápula? — perguntou. — A apetitosa esposinha lhe confessou?

— Para isso ela era covarde demais, senhor promotor — respondeu Traps. — Temia demais o gângster.

— Foi o próprio Gygax quem chegou aos fatos?

— Para isso ele era presunçoso demais.

— E foi você quem confessou, por acaso, caro amigo e Don Juan?

Traps sem querer enrubesceu:

— Nããão, Kurt — disse —, isso é o que você pensa. Um dos irrepreensíveis parceiros comerciais revelou tudo ao velho malandro.

— Como assim?

— Queria me prejudicar. Sempre fora hostil comigo.

— Em que mundo nós vivemos! — espantou-se o promotor. — Mas como foi que esse honorável cavalheiro ficou sabendo sobre seu relacionamento?

— Eu lhe contei.

— Contou?

— Enfim... durante uma taça de vinho... o que é que a gente não conta por aí?

— Vamos admitir que sim — concordou o promotor. — Mas você acabou de dizer que esse parceiro de negócios do senhor Gygax sempre lhe fora hostil. Não existia *de antemão* a certeza de que o velho malandro iria acabar tomando conhecimento de tudo?

Nisto o advogado de defesa interveio energicamente, levantou-se até, ensopado de suor, a gola de sua sobrecasaca encharcada. Queria chamar a atenção de Traps, explicando-lhe que ele não precisaria responder àquela pergunta.

Traps tinha outra opinião.

— Por que é que não? — quis saber. — Pois a pergunta é totalmente inofensiva. Afinal, para mim podia ser indiferente se Gygax ia tomar conhecimento ou não. O velho gângster me tratava com tamanha falta de consideração que não seria mesmo eu quem iria querer encenar naquele momento alguém cheio de consideração por ele.

Por um momento a sala voltou a ficar em silêncio, num silêncio sepulcral, para logo explodir em tumulto, animação, gargalhadas homéricas, um furacão de júbilo. O careca taciturno abraçou Traps, beijou-o, o advogado de defesa perdeu seu pincenê de tanto rir — com um réu daqueles simplesmente não era o caso de se enfezar. Enquanto isso, o juiz e o promotor público dançavam ao redor da sala, esmurrando as paredes, trocando cumprimentos de mãos, subindo nas cadeiras, espatifando garrafas, fazendo cheios de prazer as mais ensandecidas travessuras. O réu estava confessando mais uma vez, gralhou com força o promotor pela sala, agora sentado no espaldar de sua cadeira; já não havia mais elogios para o querido convidado, ele jogava magnificamente.

— O caso é claro, a última evidência se confirma — continuou ele, sobre a cadeira bamba como um monumento barroco em corrosão. — Observemos nosso prezado, nosso queridíssimo Alfredo! Vivia à mercê daquele gângster seu chefe, circulava pela região dirigindo seu Citroën. Ainda um ano atrás! Ele podia se orgulhar disso, nosso amigo, este pai de quatro garotinhos, este filho de um operário de fábrica. E com razão. Ainda no tempo da guerra fora mascate. Nem isso: sem autorização, era um andarilho com artigos têxteis falsos, um pequeno comerciante ilegal, indo de trem de povoado em povoado; ou a pé, passando por atalhos, com frequência quilômetros e mais quilômetros através de matas escuras rumo a propriedades distantes, uma bolsa de couro suja presa ao corpo, ou mesmo um cesto, uma mala meio destroçada na mão. Agora ele havia melhorado, fixado-se num negócio, era membro do Partido Liberal, ao contrário do pai marxista. Mas quem vai querer descansar no galho que acabou de alcançar, se na copa da árvore, digamo-lo poeticamente, apresentam-se galhos com frutos ainda melhores? Ele até ganhava bem, ia voando com seu Citroën de loja em loja no ramo de tecidos, o carro não era ruim, mas nosso caro Alfredo via de todos os lados despontarem e passarem por ele novos modelos, acelerando, voando em sua direção, ultrapassando-o. O bem-estar estava crescendo no país, quem não ia querer participar?

— Foi exatamente assim, Kurt — exultou Traps —, exatamente assim.

O promotor estava agora no seu elemento, feliz, satisfeito como uma criança cercada de presentes.

— Fora mais fácil decidir do que executar — esclareceu, ainda sentado no espaldar de sua cadeira. — O chefe não o deixava crescer, maligno, explorando-o com insistência, dando-lhe adiantamentos para amarrá-lo de novo; sabia acorrentá-lo cada vez mais impiedosamente.

— Certíssimo! — gritou o representante geral indignado. — Os senhores não têm ideia de como o velho gângster me oprimia.

— Então era preciso arriscar tudo — disse o promotor.

— E como! — confirmou Traps.

As intervenções do réu atiçavam o promotor, agora em pé sobre a cadeira, enquanto balançava como uma bandeira o guardanapo respingado de vinho, salada no colete, molho de tomate, restos de carne.

— Nosso caro amigo de início agiu no plano dos negócios, ainda que não de maneira tão honesta, como ele próprio admite. Podemos ter, com isso, uma imagem aproximada de como era. Ele secretamente entrava em contato com os fornecedores do chefe, sondava, prometia melhores condições, criava embaraços, conferenciava com outros caixeiros-viajantes do ramo têxtil, fechava acordos e contra-acordos. Só que aí teve a ideia de tomar um novo caminho, um caminho diferente.

— Um caminho diferente? — espantou-se Traps.

O promotor público fez que sim.

— Esse caminho, meus senhores, passava pelo canapé da residência dos Gygax, indo chegar diretamente à sua cama de casal.

Todos gargalharam, principalmente Traps.

— Verdade — confirmou este —, era uma peça maldosa que eu estava pregando no velho gângster. A situação, porém, era esquisita demais, relembro agora. Por um lado, eu de fato até este momento me envergonho de ter feito aquilo, afinal, quem gosta de saber as consequências do que fez? Totalmente limpo ninguém está. Mas, por outro lado, quando se está entre amigos tão compreensivos, a vergonha se torna algo ridículo, desnecessário. É notável! Sinto-me compreendido e começo a me compreender também, como se estivesse conhecendo uma pessoa que sou eu mesmo, uma pessoa que antes eu só conhecia como um representante geral num Studebaker, com mulher e filhos, por assim dizer.

— É com prazer que constatamos — disse em seguida o promotor, caloroso e cheio de afeto — que está se acendendo uma luzinha para nosso amigo. Continuemos ajudando, para que com ela se faça dia. Sigamos as suas motivações com o fervor de alegres arqueólogos e vamos nos deparar com a beleza suprema de crimes soterrados. Ele começou um relacionamento com a senhora Gygax. Como chegou lá? Ele viu a atraente mulherzinha, podemos imaginar. Talvez fosse tarde da noite, sob a luz dourada das lanternas nas ruas, talvez no inverno, lá pelas seis (Traps: "Às sete, Kurt, às sete!"), quando na cidade já era noite, com vitrines e cinemas iluminados e placas de publicidade em neon verde e amarelo por todos os lados, uma noite aconchegante, lasciva, irresistível. Ele viera com seu Citroën pelas vias escorregadias até o bairro de mansões onde o chefe morava (Traps entusiasmado intervindo: "Sim, sim, bairro de mansões!"), uma pasta embaixo do braço, pedidos, amostras de tecido, era hora de tomar uma importante decisão; só que a limusine de Gygax não se encontrava na costumeira vaga na beira da calçada. Mesmo assim, ele cruzou o parque escuro e tocou a campainha, a senhora Gygax lhe abriu a porta, o marido não viria para casa essa noite e a empregada havia saído. Ela trajava um vestido longo — ou melhor, um roupão de banho —, mas mesmo assim insistiu para que Traps aceitasse um aperitivo, ela fazia questão de convidá-lo e, desse modo, estiveram sentados juntos na sala de estar.

    Traps ficou pasmo.

    — Como você sabe tudo isso, Kurt? Parece coisa de bruxaria!

    — É a experiência — explicou o promotor. — Os destinos todos seguem curso igual. Não foi sequer sedução, nem da parte de Traps, nem daquela mulher; foi uma oportunidade que ele aproveitou. Ela estava só e entediada, não pensava em nada de especial, ficou contente por falar com alguém, na residência fazia um calor agradável, e sob o roupão de banho com flores coloridas ela vestia apenas a camisola. E quando Traps sentou-se a seu lado e viu-lhe o pescoço branco, o prenúncio de um seio, e enquanto ela tagarelava, zangada com o marido, desiludida, como bem podia perceber nosso amigo, ele só compreendeu que tinha de entrar em ação nesse momento quando já estava, e logo ficou sabendo tudo sobre Gygax, como era preocupante a saúde daquele, como qualquer grande excitação poderia matá-lo; soube sua idade, como ele era grosseiro e mau com a mulher e como tinha a pétrea convicção de que esta lhe era fiel, pois por uma mulher que quer se vingar do marido ficamos sabendo de tudo. E assim ele prosseguiu com o relacionamento, pois agora era mesmo intencional, pois agora se tratava de arruinar o chefe por todos os meios, acontecesse o que acontecesse, e logo chegou o momento em que ele teve tudo nas mãos: parceiros comerciais, fornecedores, a mulher branca, rechonchuda e nua pelas noites, e dessa maneira ele apertou o nó, provocou o escândalo. Intencionalmente. Também disto já estamos a par: o crepúsculo aconchegante, a tardezinha, enfim. Vamos encontrar nosso amigo num restaurante, numa taberna da parte antiga da cidade, a calefação um tanto exagerada, tudo maciço, patriótico, móveis de primeira, preços também, janelinhas de vidro convexo, o imponente dono do local (Traps: "Na Adega da Prefeitura, Kurt!"), a imponente dona do local, como agora temos de corrigir, cercada pelos retratos dos outrora assíduos frequentadores, hoje mortos, um vendedor de jornais que caminha pela casa, deixa-a em seguida, mais tarde o Exército da Salvação cantando "Deixai entrar os raios de sol", alguns estudantes, um professor universitário, sobre uma mesa duas taças e uma boa garrafa, prova-se coisa de qualidade nesse lugar, e no canto, por fim, pálido, obeso, úmido de suor na gola aberta, apoplético como a vítima que se tem agora como alvo, o irrepreensível parceiro de negócios, admirado — o que significava tudo aquilo? Por que Traps o havia convidado? —, ouvindo tudo atentamente, escutando da boca do próprio Traps a história do adultério, para então, horas mais tarde, como não podia deixar de ser e como nosso Alfredo já previra, correr para o chefe, por sentimento de dever, amizade e decoro íntimo, revelar tudo ao desgraçado.

— Que hipócrita! — exclamou Traps, os olhos redondos e brilhantes hipnotizados, ouvindo atento a descrição do promotor, feliz por ficar sabendo a verdade, sua orgulhosa, ousada e solitária verdade.

E então:
— Assim chegou o momento fatídico, calculado com precisão, quando Gygax ficou sabendo de tudo. O velho ainda conseguiu ir para casa, imaginemos, furioso, já no carro, o suor em profusão, dores na região do coração, mãos tremendo, policiais apitando irritantemente, sinais de trânsito sendo ignorados, o dificultoso caminhar da garagem até a porta de casa, o ataque, ainda no corredor talvez, enquanto a esposa

vinha em sua direção, a formosa, apetitosa mulherzinha. Não durou muito, o médico ainda lhe ministrou morfina; e com isso acabou, mais um estertor sem importância, soluços por parte da esposa, Traps em casa no círculo dos entes queridos tira o telefone do gancho, abalo, sensação de missão cumprida, três meses mais tarde o Studebaker.

Novas gargalhadas. O bom Traps, atirado de estupefação em estupefação, riu junto, ainda que um tanto constrangido, coçou a cabeça, inclinou-a para o promotor em sinal de reconhecimento, por certo não estava descontente. Estava até de bom humor. Achava aquela noite perfeita; o fato de lhe atribuírem um assassinato, se por um lado o deixava um pouco atônito e o fazia pensativo, circunstância que no entanto lhe parecia agradável, por outro despertava nele uma intuição de coisas mais elevadas, de justiça, de crime e castigo. O temor, que ele não esquecera, que o assaltara no jardim e mais tarde nas explosões de alegria do grupo reunido à mesa, parecia-lhe injustificado agora, animava-o. Era tudo tão humano. Tinha curiosidade pelo que viria a seguir. O grupo transferiu-se para a sala de estar para o cafezinho; foram entrando, cambaleantes, o advogado de defesa aos tropeços, num aposento lotado de bibelôs de porcelana e vasos. Enormes gravuras nas paredes, vistas da cidade, cenas históricas, o Pacto de Rütli, a Batalha de Laupen, a Derrota da Guarda Suíça, a Companhia dos Sete Honestos, teto de gesso, ornamentação em estuque, no canto um piano de cauda, poltronas confortáveis, baixas, enormes, bordados por cima, dizeres religiosos, "Bem-aventurado aquele que trilha o caminho da justiça", "Uma consciência em paz um bom travesseiro faz". Pelas janelas abertas via-se a estrada vicinal, algo imprecisa na escuridão, antes uma intuição de estar ali, mas mágica, concentrada, sob as luzes oscilantes e os faróis dos automóveis, os poucos que rodavam a esta hora, já eram afinal quase duas. Nunca ouvira nada mais arrebatador que o discurso de Kurt, opinou Traps. No geral, não havia muito a assinalar, algumas leves correções, com certeza, seriam convenientes. O irrepreensível parceiro comercial, por exemplo, era baixo e bem magro, e a gola estava engomada, de modo algum se encharcara de suor, e a senhora Gygax não o recebera vestida num roupão de banho, e sim num quimono certamente muito decotado, de maneira que seu afetuoso convite também se fizera em termos visuais — aquilo era mais um dos gracejos dele, um exemplo de seu modesto humor. Além disso, o merecido infarto do gângster-mor não o apanhara em casa, mas nos seus armazéns, durante uma rajada do Föhn, e ainda ocorrera uma internação no hospital, ruptura cardíaca e óbito. Porém, tudo isso eram, como dissera, detalhes irrelevantes. O certo, o mais exato, era o que comentara seu esplêndido amigo do peito e promotor público: que ele se metera com a senhora Gygax somente para arruinar o velho malandro, sim, ele se lembrava claramente de como, deitado na cama dele, sobre a mulher dele, encarara a fotografia dele, o rosto gordo e antipático com óculos de aro de chifre diante daqueles olhos esbugalhados, e como lhe sobreviera a intuição de uma violenta alegria: com aquilo que ele ali fazia tão cheio de prazer e fervor, estava na verdade assassinando seu chefe, dando cabo àquele sujeito a sangue-frio.

Já estavam sentados nas poltronas moles com os dizeres religiosos quando Traps declarou isso; apanharam a pequena xícara fumegante de café, mexeram com a colherzinha e por cima tomaram um conhaque de 1893, Roffignac, em grandes copos bojudos.

Com isso, era chegado o momento de requerer a pena, anunciou o promotor público, esparramado numa poltrona descomunal, as pernas com as meias diferentes (uma xadrez cinza e preto, a outra verde) esticadas sobre um dos encostos de braço.

O amigo Alfredo não agira *dolo indirecto*, como se a morte tivesse se dado apenas por acaso, e sim *dolo malo*, com má intenção, como os fatos já haviam apontado, de modo que, por um lado provocara ele próprio o escândalo, por outro não mais visitara a apetitosa esposinha após a morte do gângster-mor, de onde necessariamente se concluía que a cônjuge teria sido um mero instrumento para seus planos sanguinários, a galante arma do crime, por assim dizer; que com isso se estava diante de um assassinato executado de uma forma psicológica tal que, afora um adultério, nada de ilegal teria acontecido, claro que apenas aparentemente, motivo pelo qual ele, portanto, agora que essa aparência se dissipava, sim, depois de o valoroso réu haver ele próprio confessado o crime da maneira mais gentil, na qualidade de promotor público, tinha o prazer — e com isso chegava ao final de sua apreciação — de requerer do ilustre juiz a pena de morte para Alfredo Traps, como recompensa por um crime que merecia admiração, espanto e respeito, que ademais podia reivindicar o direito de figurar entre um dos mais extraordinários do século.

Riram, aplaudiram e atiraram-se ao bolo que Simone trouxera. Para coroar a noite, conforme esta proclamou. Do lado de fora, como atração, erguia-se uma lua tardia, uma foice estreita, as árvores farfalhavam sem exagero; de resto, silêncio, na rua só raramente algum automóvel, alguém voltando atrasado para casa, com cuidado, meio em zigue-zague. Ao lado de Pilet, o representante geral sentia-se protegido, sentado num canapé mole e aconchegante, com os dizeres: "Eu amiúde entre os que amo..." Passou o braço pelo ombro do homem calado, que apenas de tempos em tempos pronunciava um admirado "fantástico", deixando o "f" soar chiado, assobiado, no aconchego de sua elegância afetada. Com ternura. Com informalidade. Os rostos colados. O vinho o deixara pesado e sereno, estava desfrutando aquilo, de ser verdadeiro, de ser ele mesmo na companhia daquelas pessoas compreensivas, de não ter mais segredos, pois nenhum mais era necessário, de ser dignificado, reverenciado, amado, compreendido, e a ideia de que teria cometido um assassinato convencia-o cada vez mais, emocionava-o, metamorfoseava sua vida, fazendo-a mais complexa, mais heroica, mais valiosa. A ideia até o entusiasmava. Ele planejara e executara o crime — imaginava para si, agora — para progredir. Na verdade, não por questões profissionais, por razões financeiras, por exemplo, partindo do desejo de ter um Studebaker; e sim para se tornar um homem mais essencial — essa era a palavra —, mais profundo, segundo pressentia, neste ponto no limite de sua capacidade mental, digno da reverência, do carinho de homens eruditos, estudados, que agora lhe pareciam — até mesmo Pilet — aqueles magos de míticos tempos ancestrais, sobre os quais ele lera uma vez na *Reader's Digest*, magos que conheciam não só o segredo das estrelas, mas muito mais, o segredo da justiça (ele se extasiava com essa palavra), a qual em sua vida no ramo têxtil ele só conhecera como uma chicana abstrata e que agora se erguia como um sol descomunal, incompreensível sobre seu horizonte limitado, como uma ideia não de todo concebida, e que por isso lhe dava calafrios ainda mais fortes, fazia-o tremer. Foi assim que ouviu, afinal, enquanto sorvia seu conhaque marrom-dourado, primeiro com profunda admiração, depois cada vez mais indignado, as explanações do gordo advogado de defesa, aquela empenhada tentativa de remetamorfosear seu fato em algo comum, comezinho, cotidiano.

Fora com satisfação que ouvira o inventivo discurso do promotor público, comentou o senhor Kummer, enquanto levantava o pincenê das bochechas vermelhas e inchadas e falava em tom professoral, com discretos e elegantes gestos geométricos. Sim, era certo que o velho gângster Gygax estava morto, seu cliente sofrera nas mãos dele, vira crescer uma verdadeira animosidade contra aquele homem, tentara derrubá-lo, quem havia de contestar? Não era algo que acontecia com qualquer um? Ilusório apenas era querer tachar como assassinato aquela morte de um comerciante cardiopata ("Mas eu o assassinei, sim!", protestou Traps como se caísse das nuvens). Ao contrário do promotor público, Kummer considerava o réu inocente, inimputável mesmo (Traps interrompendo-o, já irritado: "Mas é claro que eu sou culpado!"). O representante geral do tecido sintético *hefeston* seria um exemplo para muitos. Se o classificava como inimputável, não era porque quisesse afirmar que estivesse isento de culpa — pelo contrário. Traps estava, isto sim, envolvido em todas as modalidades de culpa possíveis: cometera adultério, trapaceara na vida, às vezes com certa perversidade, mas também não se podia dizer que sua vida fosse feita somente de adultério e trapaça; não, não, ela também tivera seus aspectos positivos, suas virtudes mesmo. O amigo Alfredo era diligente, obstinado, um amigo fiel dos seus amigos, tentando garantir para os filhos um futuro melhor, politicamente confiável, para tomarmos o homem no seu todo; apenas se deixara como que azedar, estragar-se levemente, pelo incorreto — como aliás era o caso de muita vida comum, na média, ou haveria de ser o caso — mas exatamente por isso não se podia lhe imputar a grande, pura e orgulhosa culpa, pela ação resoluta, pelo crime evidente (Traps: "Calúnia! Pura calúnia!"). Ele não era um criminoso, e sim uma vítima de seu tempo, do Ocidente, da civilização, que... oh... (num tom cada vez mais nebuloso) perdeu a fé, o cristianismo, a noção do bem comum; tudo caótico, de modo que nenhuma estrela-guia mais piscava para o indivíduo, surgindo como resultado a confusão, o embrutecimento, a lei do mais forte e a falta de uma verdadeira moralidade. O que acontecera então? Aquele homem comum, da média, caíra totalmente despreparado nas mãos de um promotor astuto.

Seu modo despreocupado e instintivo de agir no ramo têxtil, sua vida privada, todas as aventuras de sua existência, composta de viagens a trabalho, da luta pelo pão de cada dia e de entretenimentos mais ou menos inofensivos, estavam agora radiografados, explorados, dissecados; fatos desconexos estavam amarrados, um plano lógico fraudulentamente inserido no conjunto dos fatos, incidentes apresentados como causas de ações que, bem ou mal, poderiam ter acontecido também de outra maneira, o casual distorcido em intencional, o impensado distorcido em propositado, de tal modo que, ao final, só haveria mesmo de sair do interrogatório um assassino, como um coelho sai da cartola de um mágico (Traps: "Isso não é verdade!"). Que olhassem o caso Gygax sóbria e objetivamente, sem se render às mistificações do promotor, e chegariam a um resultado em que o velho gângster fora o causador da própria morte, sua vida desregrada, sua constituição física. O *stress*, "doença dos gerentes", era suficientemente conhecido: inquietação, ruído, casamento e nervos abalados; mas pelo infarto a culpa fora, de fato, da rajada do Föhn, que Traps mencionara. O Föhn tinha um papel importante nos históricos de complicações cardíacas (Traps: "Ridículo!"), de modo que tudo não passara de um mero infortúnio. Claro que seu cliente agira inescrupulosamente, mas estava afinal submetido às leis da vida comercial, como ele mesmo frisara com frequência. Claro que ele muitas vezes teria preferido matar o chefe — o que é que não pensamos, o que é que não passa pela nossa cabeça? Mas tudo em pensamentos. Um ato além desses pensamentos não era disponível nem comprovável. Era absurdo supor aquilo. Mais absurdo ainda, no entanto, se seu próprio cliente agora fantasiasse ter cometido um assassinato, que tivesse logo em seguida à pane mecânica no automóvel sofrido uma segunda, uma pane mental. E com isso ele, advogado de defesa, requeria para Alfredo Traps a absolvição, etc., etc.

Cada vez mais irritava o representante geral aquela bem-intencionada névoa com que se encobria seu belo crime, névoa na qual este se esgarçava, dissolvia-se, tornando-se irreal, cheio de sombras, um produto das condições barométricas. Traps sentia-se subestimado, e assim continuou se debatendo, mal o advogado de defesa terminou seu discurso. Explicou, indignado e levantando-se — na mão direita um prato com um novo pedaço de bolo, na esquerda seu copo de Roffignac —, que gostaria de, antes que se proferisse a sentença, apenas reiterar uma vez mais que concordava com o discurso do promotor (nisto lhe vieram lágrimas aos olhos), aquilo fora um assassinato, um assassinato consciente, agora estava claro para ele; o discurso do advogado de defesa, em contrapartida, causara-lhe profunda decepção, horror, precisamente dele esperara, acreditara poder esperar compreensão, e assim pedia agora a sentença, mais ainda, a pena; não por subserviência, mas por entusiasmo, pois só naquela noite é que se abria para ele o horizonte do que significava levar uma vida *verdadeira* (neste momento o bom, o bravo homem embaraçou-se), para a qual de fato eram necessárias as mais elevadas ideias de justiça, do crime e do castigo, como aqueles elementos e compostos químicos a partir dos quais se preparava seu tecido sintético, para permanecer em seu ramo, uma descoberta que o fazia renascer; em todo caso — seu vocabulário fora da profissão era um tanto precário, que o perdoassem se mal conseguia expressar o que de fato queria dizer —, em todo caso, renascimento parecia-lhe ser a expressão apropriada para a felicidade que agora o movia, envolvia, revolvia como o vento de uma tempestade.

E chegou então a sentença, que o pequeno e agora fortemente embriagado juiz anunciou em meio a gargalhadas, guinchos, hurras e tentativas de canto tirolês (pelo senhor Pilet), com muito esforço, pois não apenas subira no piano de cauda do canto (ou melhor, entrara nele, já que antes o havia aberto), mas também a fala lhe causava agora renitentes dificuldades. Tropeçava nas palavras, invertia ou mutilava outras, começava frases que depois escapavam a seu controle, ligando-as a outras de cujo sentido já se esquecera, mas de modo geral seu raciocínio ainda podia ser adivinhado. Começou por questionar quem teria razão, o promotor ou o advogado de defesa, se Traps teria cometido um dos mais extraordinários crimes do século ou se era inocente. Não podia concordar com nenhum dos pontos de vista. Se Traps realmente não tivesse estado em condições de fazer face ao interrogatório do promotor, como dizia seu advogado de defesa, e por essa razão admitira muita coisa que na verdade não acontecera daquela maneira, por outro lado havia, sim, assassinado; certamente não com uma intenção diabólica, não, mas porque se apropriara da irreflexão do mundo no qual agora vivia como representante geral dos tecidos *hefeston*. Matara porque para ele era a coisa mais natural deixar alguém fora de combate, agir inescrupulosamente, acontecesse o que acontecesse. No mundo que ele atravessava a mil por hora em seu Studebaker, não teria acontecido nada a seu caro Alfredo, se assim fosse possível; mas então ele fizera a gentileza de vir até eles, naquela pacata casa de campo branca (e nisto o juiz foi ficando nebuloso, e o que expôs em seguida o fez senão em meio a soluços de satisfação, às vezes interrompidos por um espirro comovido, forte, quando sua cabeça pequenina era envolta num grande lenço, o que provocava gargalhadas cada vez mais fortes dos outros). Traps viera até eles, quatro homens de idade avançada, que haviam iluminado seu mundo com o raio puro da justiça, esta que certamente tinha suas características esquisitas, ele sabia, sabia, sabia disso, esta justiça que sorria nos quatro rostos carcomidos, refletia-se no monóculo de um promotor ancião, no pincenê de um defensor obeso, soltava risinhos na boca sem dentes de um juiz embriagado e já meio balbuciando, e brilhava vermelha na calva de um carrasco aposentado (os outros, impacientes diante de todo aquele palavrório repleto de veleidades poéticas: "A sentença! A sentença!"). Uma justiça que era grotesca, extravagante, aposentada, mas que exatamente por isso era *a* Justiça (os outros, compassadamente: "Sen-ten-ça! Sen-ten-ça!"). Em nome dessa justiça ele condenava agora seu excelente, caríssimo Alfredo à morte (o promotor público, o advogado de defesa, o carrasco e Simone: "Hurra! Viva!"; Traps, agora também soluçando de emoção: "Obrigado, caro juiz, obrigado!"), embora a pena só se apoiasse juridicamente no fato de o próprio condenado ter se declarado culpado. Enfim, aquilo era o mais importante. Assim, alegrava-se de poder proferir uma sentença que o condenado reconhecia sem quaisquer ressalvas, a dignidade humana não exigia nenhuma clemência, e que tivesse seu prezado hóspede o prazer de receber a coroação do assassinato cometido, uma coroação que, assim esperava o juiz, acontecera em circunstâncias não menos agradáveis que o assassinato em si. O que, no caso do cidadão, do homem médio, revelava-se como acaso, num acidente, ou como mera necessidade da natureza, como doença, como entupimento de um vaso sanguíneo numa embolia, como tumor maligno, aparecia ali como resultado necessário, moral; só ali é que a vida se consumava plena e logicamente como uma obra de arte, é que a tragédia humana se tornava visível. Ela reluzia, assumia uma forma imaculada, concretizava-se (os outros: "Chega! Chega!") — podia-se mesmo dizer com tranquilidade —, somente no ato do anúncio da sentença, que fazia do réu um condenado, é que se consagrava a espada da justiça; não podia haver nada mais elevado, mais nobre, mais grandioso que a condenação de um homem à morte. Era o que agora acontecia. Traps, aquele que talvez nem fosse um legítimo sortudo — uma vez que só lhe era permitida uma pena de morte sob certas condições, das quais ele no entanto deixaria de tratar, para não causar uma decepção àquele caro amigo —, Alfredo Traps transformava-se agora em um semelhante e digno de ser recebido naquele círculo como mais um exímio jogador, etc. (os outros: "Hora do champanhe!").

A noite atingira seu ápice. O champanhe espumava, o contentamento dos homens ali reunidos era completo, arrebatador, fraternal, mesmo o advogado de defesa se via novamente envolvido na rede de simpatia. As velas com a chama pelo fim, algumas já apagadas, do lado de fora o primeiro prenúncio de manhã, de estrelas fugidias, de sol nascente ao longe, frescor e orvalho. Traps estava entusiasmado, mas ao mesmo tempo cansado, pediu que o levassem a seu quarto, foi cambaleando de um lado a outro. Os homens só balbuciavam, estavam embriagados, fortes êxtases enchiam o salão, falas desconexas, monólogos, já que ninguém mais ouvia o outro. Cheiravam a vinho tinto e queijo, passaram a mão nos cabelos do representante geral, afagaram-no, beijaram o homem feliz, fatigado, que ali estava como uma criança rodeada por tios e avôs. O careca taciturno levou-o para cima. Foi custoso subir as escadas, de quatro; pararam no meio, agarrados um ao outro, não dava para continuar; seguiram acocorando-se pelos degraus. De cima, através de uma janela, incidia um estrelado alvorecer matinal, misturando-se ao branco das paredes de reboco; fora, os primeiros ruídos do dia que se formava, da distante estaçãozinha de trem vinham apitos e outros ruídos de manobras, como vagas recordações da viagem de retorno que perdera. Traps estava feliz, sem desejar mais nada, como nunca se sentira em sua vida de pequeno-burguês. Imagens pálidas erguiam-se, um rosto de menino, que bem podia ser seu caçula, aquele que ele mais amava; depois, nebuloso, o pequeno povoado a que chegara devido à sua pane, a faixa clara da estrada, ondeando por sobre uma pequena elevação de terra, o morrinho com a igreja, o robusto carvalho com as folhas farfalhantes, com os anéis de ferro e as estacas de apoio, os morros cobertos de mata, um céu sem fim brilhando por trás, por cima, por todas as partes, infinito. Mas logo o careca desabou, murmurando "quero dormir, quero dormir, estou cansado, estou cansado". E de fato adormeceu então, ouvindo apenas como Traps rastejava para subir, em seguida uma cadeira estalando, o careca silencioso despertou nas escadas, apenas por alguns segundos, ainda cheio de sonhos e lembranças de terrores soterrados e momentos cheios de pavor, e nisto fez-se uma confusão de pernas em torno dele, do homem dormindo — os outros subiam as escadas. Sobre a mesa, em meio a assobios e grasnadas, haviam rabiscado um pergaminho com a sentença de morte, extremamente vangloriosa, com expressões graciosas, chavões de academia, em latim e alemão arcaico, e então tinham saído, a fim de deixar o produto sobre a cama do representante geral, como agradável lembrança da formidável bebedeira, para quando ele acordasse, de manhã. Do lado de fora, a claridade, os últimos momentos da madrugada, os primeiros piados, agudos e impacientes, dos pássaros, e assim eles subiram a escada, saltaram sobre o careca, ali a salvo. Um segurava o outro, um se apoiava no outro, cambaleantes todos os três, não sem dificuldades, sobretudo na curva da escada, onde foram inevitáveis a aglomeração, o recuo, o novo avanço e o fracasso. Finalmente estavam em frente à porta do quarto de hóspedes. O juiz a abriu, porém o grupo festivo parou atônito na soleira, o promotor público ainda com o guardanapo amarrado ao pescoço: na moldura da janela pendia Traps, imóvel, uma silhueta escura diante da prata turva do céu, ao pesado perfume das rosas, tão definitiva e tão irrestrita, que o promotor público, em cujo monóculo se refletia a manhã cada vez mais poderosa, teve primeiro de apanhar um pouco de ar, antes de, perplexo e triste pelo amigo perdido, exclamar com verdadeira dor:

— Alfredo, meu bom Alfredo! O que passou pela sua cabeça, pelo amor de Deus? Você está mandando para o diabo a nossa mais bela tertúlia!

ESTE LIVRO FOI COMPOSTO EM STANLEY 10,75 POR 15 E IMPRESSO SOBRE PAPEL PÓLEN BOLD 90 g/m² NAS OFICINAS DA ASSAHI GRÁFICA, SÃO BERNARDO DO CAMPO — SP, EM FEVEREIRO DE 2019